麥先生的小麻煩

麥人杰
Richard Metson

dala plus 018

not only passion
大辣

麥先生的小麻煩
My Little Troubles

作者｜麥人杰 Richard Metson
塗鴉插畫｜麥元超、麥黛黛
主編｜洪雅雯
文字整理、校對｜王惠雅、溫金梅
行銷企劃｜陳秉揚
美術設計｜Bianco Tsai
內文排版｜盧美瑾
總編輯｜黃健和

出版｜大辣出版股份有限公司
　　　105022 台北市南京東路四段 25 號 12 樓
　　　www.dalapub.com
　　　TEL: (02) 2718-2698　Fax: (02) 8712-3897
　　　service@dalapub.com

發行｜大塊文化出版股份有限公司
　　　105022 台北市南京東路四段 25 號 11 樓
　　　www.locuspublishing.com
　　　TEL: (02) 8712-3898　Fax: (02) 8712-3897
　　　讀者服務專線：0800-006689
　　　郵撥帳號：18955675
　　　戶名：大塊文化出版股份有限公司
　　　locus@locuspublishing.com
　　　法律顧問｜董安丹律師、顧慕堯律師

台灣地區總經銷｜大和書報圖書股份有限公司
地址：新北市新莊區五工五路 2 號
Tel: (02) 8990-2588　Fax: (02)2990-1658

製版｜瑞豐實業股份有限公司

初版一刷｜2024 年 3 月
定價｜750 元
ISBN｜978-626-97842-1-9

自序

「你為什麼不畫他們？」
太太是最先這麼問我的……

不只她，只要聽過我帶小孩的悽慘經歷，每個人都會這麼說……
對啊！為什麼呢？

我也不知道……
首先我們還不熟……
我是說我和雙寶，真的，他們才來到世界上沒多久，我多數的時間都
在手忙腳亂中度過，連喘息的機會都沒有，看著大哭的他們、熟睡的
他們、喝奶的他們……
我心裡只有發愁，各種不同的壓力排山倒海而來……
這時候我實在沒辦法好好靜下心來看看自己和他們。

直到有一天我去接妹妹回家，在路上和她小小的對話，她依舊不理我，
自顧自的說她想說的……

當天晚上，心中感慨，畫了這張圖，結果成了我粉絲專頁中最有反應
的一則 PO 文……

這下不畫不行了～（因為老婆說，你反正畫別的都沒有人要看……）
事情就這麼開始了，我的粉專似乎也成了某種奇怪的育兒粉專，人生真是種種的始料未及啊！

時間大約是 2021 年開始，到現在差不多 3 年了，斷斷續續的畫了 100 多則，畫中的雙寶造型，也慢慢確定了，所以我內頁有重新畫了幾張，統一一下造型……
有時候會給他們看，聽他們的反應、看他們對畫面中的自己哈哈大笑！！

我把畫他們當成是某種時空膠囊，是準備留給他們日後看的。長大後的他們，再重新看小時候的自己，不知道會有什麼反應？

只希望那時的他們，可以明白爸爸媽媽對他們的愛，特別是笨拙的爸爸……

註：這張是原圖，內文的圖是我重新畫的，疫情 3 年，我非常痛恨口罩擋住他們可愛的臉，所以我畫中的雙寶都沒有戴口罩。

2024/01/25

CONTENTS

Part 2　過動暖男頑皮鬼

Part 3　妹妹從小就是個謎

Part 4　上學氣

Part 5　睡覺覺、講故事

Part 6　掛病號
　　　　　還有麥先生的家長裡短

女兒像貓、兒子像狗

人生中有些小事，因為你已經習以為常，不說不記……最後就忘記了。

我從沒想過我會有雙胞胎，而且是中大獎（大家都這麼說）的一男一女龍鳳胎。至於一個過動、一個自閉……唔……
這應該算是隱藏版？是大獎中的大獎？

雙寶從小個性就很明顯的天差地遠，每一個看到或是聽到我們描述他們行為的朋友都會有同樣的反應：「嘩～一個像貓！一個像狗！」
還真的很像：女兒像貓、兒子像狗。

妹妹是不理人就不理人，可要你理她，你就不能不理她；哥哥是動個不停，像極了黃金獵犬……（對了，「毛色」也很像，然後也很愛吐舌頭……）
小孩就像另一半，無論你如何想像，最後都和你想的不一樣……

（至於我～像什麼呢？啊不就是剷屎官囉～）
那麼，就從雙寶出生開始講起……

 醫師表示：「過動和自閉症還蠻常一起出現的，說不定過動的那個也多少有點自閉症狀。」……還有朋友分析：「你是萬磁王，小孩一個是快銀，一個是緋紅女巫……」* 我才不要～～～

 就算你養了貓，也同時養了狗……這不表示你就有能力照顧小孩了（特別是像我們家雙寶），千萬不要高估了自己蛤……

＊緋紅女巫（Scarlet Witch）與快銀（Quicksilver）是萬磁王的雙胞胎小孩，緋紅女巫是姊姊，快銀是弟弟，他們在 MARVEL 超級英雄漫畫中，是相當重要的關鍵角色，都是實力強大的變種人，緋紅女巫具有可以隨意修改現實的能力，快銀超能力是以極快的速度進行移動。在《復仇者聯盟》、《X 戰警》電影中皆有出現。

誰要先出來？

「雙寶之爭」從媽媽肚子裡就開始了！

雙胞胎通常會提早出生，因為媽媽的負擔太重了，所以會比預產期早卸貨。

因為知道是一男一女，醫生就問了：「誰要先出來？是要哥哥妹妹？還是姊姊弟弟？」

我：「姊姊先出來吧！」

醫生好奇：「哦？為什麼？」

我：「因為哥哥通常不理妹妹，但是姊姊會照顧弟弟！」

醫生：「哈哈哈！有道理啊！」

到了要開箱卸貨時，醫生停下來告訴老婆：「沒辦法！」

老婆一驚！是怎麼了？

醫生：「沒辦法讓女生先出來，男生的腳橫過來卡位了！」

（幹！不要嚇人好嗎？）

於是就這樣，哥哥先被拉出來了！（手，當然是用手拉出來啦！你各位不要亂想）妹妹隨後出生……

兩個人到現在都還會爭這個，妹妹：「為什麼他是哥哥？」

妹妹相當不服氣！

於是我們就會再講一次這個故事。

還有，哥哥有時候也會讓她當一下姊姊，過過癮……

至於姊姊會照顧弟弟這件事嘛……

結果是完全相反的，都是哥哥讓著妹妹啊！

後記

有人說，現在才知道還可以選先後次序啊？

媽媽說，因為是剖腹產，所以才可以決定先拉哪個出來。

還有人說，日本人好像是後出來的才是哥哥、姊姊＊，因為比較早入住啊！（好像也有道理啊！）

媽媽回應，是有這種說法。歐美也是採後出來的是哥哥、姊姊。

* 日本在 1984 年訂定 12 月 13 日為雙胞胎日，從這一天起確定以出生順序作為排行依據，先出
生為長，解決了長期以來長幼的爭議。

霸占護理師小姐姐的哥哥

大家可能都看過這種畫面，一名男子被許多護士小姐……

不！護理師圍繞……

這個許多男人夢想的人生成就，哥哥剛剛出生沒幾天就達成了！

怎麼樣？是不是很嫉妒？

話說哥哥的哭聲超大，穿透力超強，有多強呢？

出生不久，雙寶和爸媽就在乾爹的專車護送下到了月子中心，之後我就在家和中心兩頭跑，那時我還在拍動畫影集，忙得不可開交……

一天到了月子中心，他們的服務很好，媽媽只要專心吃、專心睡，好好休息就好就可以了。醒來想看小孩，打開電視就行，育嬰室裡的每個寶寶都有專屬的鏡頭盯著，媽媽隨時都能看到。

我們家有兩個，所以有兩個畫面，妹妹永遠面無表情的在睡覺，而哥哥的位置總是空著，只有被單……

於是我和老婆一起出去看看到底是怎麼回事，一出房間，就聽到有個娃娃嚎啕大哭的聲音……

老婆：「誰家的小孩啊？哭這麼大聲？育嬰室有隔音玻璃欸！」

不知道為什麼，我福至心靈的回答：「應該是我們家的……」

老婆不信，走到育嬰室大玻璃窗前，就看到這個目瞪口呆的畫面：

所有護理師幾乎都圍繞在哥哥旁邊，又抱又拍、又哄又餵奶……

哥哥是特別可愛所以大受歡迎嗎？不！才剛剛出生不久的寶寶看起來都像猴子，哭的時候漲紅了臉則是像猴子屁股，可愛得等大一點。

根據事後的了解：護理師小姐姐們表示，哥哥很黏人，非常需要人哄他、陪他，一看到旁邊沒有人他就大哭，而他的哭聲相當有感染力，可以吵醒所有的寶寶，整個育嬰室就會陷入他的帶動唱，寶寶們大爆哭的狀態，所以必須出動所有的人制止他……

看到這個畫面，聽到這個回答，原本一直心疼要多花錢的媽媽，馬上就覺得這錢花得值了！

我：「回到房間好好睡覺吧！多睡一點，睡飽一點，等他們回到家，我們就沒得睡啦！～～」

我還真沒說錯啊～～

後記　沒想到我的制服系列第一則畫的是這個……
然後有人說，其實現在沒有人戴護士帽了！
（我才不管！請不要破壞多數人的幻想啊！～）

淡定的妹妹

有人提到哥哥大哭的時候，妹妹是不是沒有反應？

那就來說這個小故事：

雙寶一出生就個性很明顯了，兩個人天差地遠，這一點到現在都沒變過⋯⋯

在月子中心的時候，妹妹就不喜歡睡在哥哥旁邊，嫌他太愛哭、太吵，這可是護理師說的，真不知道她們是怎麼發現的？

果然專業！

回到家以後，雙寶一起躺在嬰兒床上睡覺，每回哥哥大哭，無論怎麼樣聲嘶力竭哭到滿臉通紅、滿頭大汗⋯⋯

妹妹總是一臉淡定地看著他幾秒鐘，面無表情，然後別過頭去，繼續睡覺⋯⋯

這個畫面實在太有趣了，對比強烈，可惜每次都沒辦法拍下來。

每個孩子成長的過程當中，一定有一些特別的時刻，如果你不記下來，他們長大了也不會知道⋯⋯

現在的父母已經可以用影像、用文字記錄這些奇妙的瞬間，但是總有來不及或者說不清楚的部分⋯⋯

這時候不禁想到⋯⋯

感謝老天！還好我會畫畫。

後記　現在妹妹每天對哥哥說最多的一句話就是：
「你很吵！」

新手爸爸的焦慮

從月子中心回家後，雙寶的照顧就從專業的護理師，轉為緊張兮兮的新手爸媽了！

這當中是不是發生了很多感人肺腑、賺人熱淚的故事？

並沒有！

許多情況現在看來多數是很蠢的，但在當下可一點都不好玩！

就說寶寶睡覺這件事吧！

一般人不會有啥感覺，可新手爸媽不同，你會擔心寶寶會不會吐奶噎到？（這很危險！）會不會讓被子蓋到臉部窒息？

諸如此類，種種讓人嚇到心跳停止的狀況……

加上妹妹從小就沒有表情，她不像哥哥，喜怒哀樂都很明顯，所以睡覺的時候一發現她又把紗被（可透氣）蓋臉上了，大驚失色的我馬上會做出一個據說全世界新手爸爸都會做的動作：

在聽不到她的呼吸聲時（哥哥呼吸比較大聲）我會舔一下手指，再伸到她鼻子前面，看看是不是涼涼的？是不是有氣流在進出？

這樣的情況一天下來可以有無數次，因為她特別喜歡把被子蒙在臉上……真是累死我也嚇死我了……

妹妹已經 7 歲了，她這個習慣到現在還是一樣，當然，我不會再把手指伸過去了，為什麼？

免得被她折斷啊！（妹妹力氣很大）

後記

看留言有好多爸爸媽媽都會這樣確認孩子有沒有在呼吸，有手指放鼻孔前面的、趴著聽心跳的、目測胸口有沒有起伏的……

總之一片的緊張加神經兮兮……

竟然還有人說小時候看港片，片中都是用鏡子放在鼻孔去看會不會有氣……

喂！又不是九叔林正英 * 在抓殭屍啊～～～

*《暫時停止呼吸》（1985）香港殭屍電影，由林正英飾演茅山師父九叔，本片走紅香港和東南亞影壇，不但掀起殭屍片熱潮，他所演繹的道長角色至今也無人能超越。

新手爸媽的地獄日常
——餵奶戰記

小嬰兒在一天當中，除了睡覺、哭鬧、洗澡、大小便換尿布……做的最多的事就是喝奶了，平均 4 個小時就要喝一次。（沒記錯的話……）問題是：我們有兩個，這些事常常……不！不是常常，是都要同時進行。

一開始老婆還打算親餵，但這太不切實際了，餵完一個馬上就換下一個，那不是都不用睡了？還有，哪來那麼多奶？

雖然許多醫生、科學家什麼的都說「人奶比較好」（卻害慘了少奶媽媽），畢竟不是每個人天生都是奶媽的料啊！（難怪古代就有這種職業）

在每天擠奶擠不出、擠到哭、甚至到出血的狀況後，我勸說焦慮的老婆：算了！不要為了奶水不足自責，喝配方奶就好了，我也是喝奶粉長大的啊～（除了有時候有點牛脾氣……）

於是，雙寶改喝配方奶，免去了當乳牛的工作就比較輕鬆了嗎？

並沒有！（可想而知，如果不放棄親餵人奶鐵定沒命！）

首先要控制水溫，溫度必須剛剛好，然後是奶粉的分量、喝完要拍嗝、沒喝完的要保溫或是先冰起來、奶瓶要洗要消毒……這些相關的裝備就有一大堆了！

啊！對了！還有還有：

每次餵完要紀錄一下喝奶的時間、喝了幾 CC，老婆還因此做了表格，雙寶一人一張，我每天填寫這個的時候，都覺得自己好像是護理長什麼的……

因為有兩個小孩，所以一天如果餵 6 次，兩個人就是有 12 個奶瓶要洗、要消毒……

但是一定會沒辦法剛剛好做完這些步驟啊！所以就買了幾十個奶瓶……

對了！還有沒事奶嘴就會被咬破！別問我「他們不是還沒長牙嗎」？就是會！

就算我們倆一人餵一個，兩人都還是沒辦法好好吃飯、喝水、上廁所……更別說好好洗澡、好好睡覺了！

常常是一個人抱一個，累到和喝著奶的小孩一起睡著了……

你想想看：這樣的狀況別說工作了，光活下去都像是諾曼第登陸戰了！（而且國家也不會頒獎給你！）

對了！

我要提醒一下新手爸媽：

可以的話，溫奶器最好準備兩個，不是因為你一定會生雙胞胎，而是可能會半夜突然就壞了！

 提醒一下：雙寶已經 8 歲了（PO 文的時候），不用再寫建議我可以怎麼餵了！然後，現在已經有餵奶的 APP 了！（可惡！也不早一點推出來！）

＃一孕傻３年！！
雙胞傻６年！？

有句俗話說：一孕傻３年！

這話說的是女人當了媽之後……就變笨了！真的嗎？

有種種科學研究證明……可能是真的！

什麼荷爾蒙改變啦！腦細胞新陳代謝速度改變啦！

還有睡眠不足啦！

（其實我覺得光這一點就夠了，而且我不需要科學研究證明……）

新手媽媽除了要適應生理上巨大改變所產生的壓力，還有第一次當媽，對新生兒的一切難免都會緊張兮兮，如果是雙胞胎……那就更慘了！

這些狀況加上睡眠不足，任你原本有通天本領我看都會招架不住！

那麼男人呢？

另一半呢？老公呢？就英明神武了嗎？

並沒有！（如果有人的老公是神隊友，算妳八字好啦！）

我來說個小故事，說明男人也不會比較行～

雙寶剛開始喝配方奶的時候，我們除了事先準備好相關道具裝備……

（就是調奶器、溫奶器、奶瓶什麼的……）接下來就是實戰了！

泡奶！

記得在月子中心有教過新手爸媽怎麼餵小孩了（真是實用的技能啊！），但是回到家，兩個只能輪流睡的大人實在累到不行……

有一天，我按照指示：先加水到奶瓶，然後再倒入奶粉……結果不可思議的事情發生了！

分量不對！

比如說你應該泡150CC，但是不知道為什麼變成200CC了？

怎麼會這樣？

要知道這比例是算好的，不能隨意更改的啊～～

緊張的我問老婆，結果換來一頓臭罵：

「你為什麼什麼都不會？泡個奶都搞不定？」

（睡眠不足的人脾氣也不會太好）

嗚嗚嗚⋯⋯我也不敢回嘴，我的確除了畫圖什麼都不會啊～

委屈的我在好幾天沒洗澡的情況下，某天決定在雙寶睡覺時泡個澡⋯⋯

你猜怎麼著？

踏入浴缸之後⋯⋯水滿了出來⋯⋯

「阿基米德原理！」

我當時腦中跳出了這句話！

你加了奶粉進水，分量當然會增加，笨蛋！

我當下有從浴缸跳出來大叫這個發現嗎？

並沒有！

把小孩吵醒，我這泡湯就真的泡湯了！現在知道了吧？

睡眠不足是會讓人智力下降的，我智商 135，但是在不知道奶為什麼會變多的那個時刻⋯⋯可能只剩下 35 ～

所以，所有剛當爹的直男不要太機歪，對老婆的辛苦不要太白目，千萬不要小看帶小孩這件事，更不要天真的以為：我來做也不會太差！（除非你就是那個機歪的阿北！）

如果說「一孕傻 3 年！」那麼雙胞胎不是就要傻 6 年？

（不是這麼算的，說明數學不好～）

我可以告訴各位：是的！

雙寶現在 8 歲了，我覺得我每天還是傻到反應不過來⋯⋯

咦？什麼？你說雙胞胎不是傻 6 年，是乘法，不是加法！

怎麼？我們還要傻到他們 9 歲啊？（3×3）

後記

當時火大的老婆就差沒把餵奶的表格丟過來了⋯⋯

因為抱著小孩空不出手⋯⋯

令人感到安慰的是⋯⋯好多人都現身實證了「有小孩會變笨」的都市傳說⋯⋯

原來不是只有我會這樣啊？～～～（吾心甚慰）

妹妹從小就是個謎

哥哥因為注意力不集中，所以晚上大哭時可以抱出去看車車，轉移注意力，當然，他小時候我們是不會知道他有過動這個問題的⋯⋯

（不過其實很明顯了）

但轉移注意力這招對妹妹就完全沒有作用了⋯⋯

妹妹晚上睡覺時有個奇特的現象⋯⋯

（我不知道別的小孩有沒有這樣？）

首先她會突然暴哭，哭到你會擔心她喘不過氣來了那樣的程度⋯⋯

而且這時候抱她、哄她會更糟⋯⋯

在檢查過沒發燒，尿布也沒有濕之後，通常都是趕快泡奶（或是已經在保溫器當中了），你急急忙忙撈起奶瓶包上紗巾擦乾，衝過去要讓她喝奶⋯⋯

這時候⋯⋯「啪」的一下！

她睡了！

秒睡！

沒有任何徵兆，沒有任何預備動作或是緩衝（這是動畫用語），她就這樣直接睡了？

留下一個站在娃娃床旁邊目瞪口呆的我，手上還拿著奶瓶⋯⋯

彷彿剛剛的一切全是我的幻覺⋯⋯

我至今還是搞不懂，這到底是什麼超能力？

次數多了，我們也就習慣了，她一開始爆哭就抱開，不要吵醒哥哥，然後按照慣例檢查一下，之後就是等⋯⋯

半小時！

她哭滿半小時就又「啪！」斷電秒睡！

我知道有的人會說：「小孩子哭就是在運動嘛！不要太大驚小怪啦！」

是啊～你知道，但你以為我不知道？

你不知道的是：
1. 哥哥哭鬧會有個下坡緩降，慢慢收尾，而她完全沒有。
2. 她哭的樣子……看到的人可能會罵你為什麼不趕快送急診？
而她哭的音量……鄰居差不多要報警有人虐待小孩了……
（不知道有沒有人有這種經驗？）

幸好，她大概一歲多以後就沒有再這樣了！
現在每天睡覺前是一直講話講個不停……
妹妹真的是個謎啊～～

後記 補充一下：這時候奶瓶「嘟」過去她是不喝的！
這一則 PO 文好多人有反應，讓我看到各種小娃娃們睡覺前的奇怪行為，有空上
我的粉絲專頁看看，新手爸媽就可以不用再擔心自己的寶寶是奇行種 * 了。

* 奇行種是指日本人氣動漫《進擊的巨人》中有奇特表現的巨人。行徑和模樣都相當特異，不僅
具彈跳力，跑得也較一般巨人快，相較之下更有機動性和破壞力，讓故事中的主角們相當頭疼。

半夜不睡覺的小孩

民間故事鄉野傳奇裡，會有女鬼半夜抱著小孩在路上遊蕩，或是去小吃攤買食物回去給小孩吃的故事⋯⋯（然後老闆發現剛剛給的錢變成了冥紙），差不多就是會出現在洪金寶的《鬼打鬼》＊系列電影中的情節。

不過場景到了現代，半夜抱著小孩在路上遊蕩的就變成了爸爸，也就是我。

雙寶到可以睡過夜之前，那實在是災難，以前夜行動物的我們，等到小孩睡覺以後大概只能看一下影片或吃東西滑手機⋯⋯

然後等著那聲啼哭的召喚⋯⋯（通常是哥哥）

接下來就是換尿布、餵奶、再度哄睡⋯⋯

妹妹睡覺如果有媽咪陪就還好，哥哥常常睡不安穩，有時候喝完奶還是不睡，或是哭不停，為了不要吵到妹妹，有一次怎麼都哄不停，我只好趕快抱著他出門去路上閒逛。

我們在路上一邊走一邊等著主角「卡車」的出現⋯⋯

哥哥很喜歡車，尤其是大卡車，可能因為塊頭夠大，燈又夠亮，開起來轟轟轟的聲勢也很威，哥哥總是看得目不轉睛。

到他開始會說話的時候，他會指著卡車說：「卡ㄎㄚˋ！」後來就直接變成先去看一下卡ㄎㄚˋ再回家睡覺了。

麻煩的是，如果用揹帶，他會混很久才願意回去，而且如果有蚊子咬他，我也看不到；但如果用手抱，走沒幾步我就手抖兼腰痠背痛了～而且他看到卡車很興奮踢腿時力氣好大，沒抓住可不得了！

折騰半天回家，可能又換妹妹醒了！老婆正在餵她喝奶⋯⋯

雙胞胎的父母幾乎是沒有休息時間的，到了現在還是差不多⋯⋯

當然他們早就可以睡過夜了，不過爸爸、媽媽半夜要起來吃東西，簽聯絡簿、檢查功課、準備第二天要穿的衣服、便當盒、削鉛筆⋯⋯媽媽還要洗衣服、準備哥哥的藥⋯⋯（情況好的話可以在趕他們去睡之前完成一部分）

然後第二天一切又重演一次⋯⋯

無論如何，情況還是有在慢慢變好的，起碼現在如果他睡不著，我不用再抱著他出門了，因為他可以自己走了！

而且……現在的他，我也抱不動啦！

後記
要當爹的人趕緊先練一下臂力吧！
不過通常等你知道的時候都已經太遲了……

（有人說當年抱小孩結果變媽媽手，痛了快 3 年才醫好……怕了吧？）

*《鬼打鬼》（1980）香港驚悚動作片，由洪金寶自導自演，故事靈感源自於鄉野奇聞，劇情融合了茅山術法、殭屍，以及動作喜劇等元素，開創了恐怖結合喜劇動作電影的先河。

搭普悠瑪去花蓮

某天在捷運兩輛車廂中間，想起了雙寶小時候曾經搭普悠瑪去花蓮，
而這 3 小時 30 分鐘的行程裡，我大部分的時間都站在兩輛車廂中間，
左搖右晃……
之所以會有去花蓮這個行程，是因為和美國的家人在舊金山相認之
後，她們就一直想來台灣看看，當知道我有了小孩，就想來見見雙寶，
順便旅遊。（當然不是全部的人都來，那太可怕了）
最終來的是二姊一家人，還有弟弟的媽媽。
他們喜歡爬山健行，於是安排她們去花蓮太魯閣玩，感受一下台灣的
大自然，雖然對我來說太健康了，但我們也想出去透透氣，已經悶在
家很久了……那時雙寶還沒滿一歲。
二姊很喜歡小孩，她自己也有好幾個孩子，帶小孩很拿手，原本以為
這趟行程會是個好幫手……
我草率了……
完全沒想到雙寶認人，除了媽媽和我，其他人都不能抱，這真是始料
未及啊～～
因為很不妙的是，出發前雙寶都感冒了，行程中除了喝奶，還要吃藥，
把我們兩個新手爸媽搞得累得半死……
全程我們光揹小孩就快不行了……根本無心遊玩，每到一個景點就是
攤在車上哄小孩或是餵藥、餵奶……夫妻兩人一起眼神死的等待下去
玩的人回來……
這完全就是傻瓜公路喜劇電影中的情節啊～～
在火車上時，妹妹因為霸占了媽媽，所以沒什麼問題，但是哥哥就不
爽了，大哭！（當然他也鼻塞不太舒服）
從小，哥哥的哭聲就相當驚人，有著可怕的穿透力（請參考〈# 霸占
護理師小姐姐的哥哥〉），在火車上哭起來那真是驚天動地，而其他
可憐的乘客也真是無處可逃……
在乘客們絕望和憤怒的眼神中，我只好抱著他，一邊哄他一邊走來走
去，免得有人被吵到抓狂、跳出火車……

我就這麼抱著他從列車頭走到列車尾，確保每個人都公平享受到他宏亮的哭聲之後，在兩個車廂的中間停了下來（也就是很危險的「潰縮區」，別罵我，我當時只想讓他停止哭，車頂我都願意爬上去），這裡除了行李，沒有其他人，他愛哭多大聲都行……

我全程就這樣浪費了座位，以一種衝浪手練習站在衝浪板上的姿勢，左右搖晃維持著平衡，不同的是……我手上有個大哭的娃娃……

期間偶爾有經過的乘客，會投以同情的眼光，而我則回報以無奈又不失禮貌的微笑……

還有好心（但白目）的阿婆叫我不要這麼辛苦站在這裡，小孩哭一下就會停了，不要管他……以我帶小孩的經驗這應該如何如何……吧啦吧啦……

阿婆不知道，她的白目讓她在不知情的狀況下，在鬼門關前走了一遭……

當時我額頭應該有爆出《北斗之拳》* 拳四郎的青筋和血管，內心同時浮現出殺意……

「阿婆！妳背後就是安全門，如果不想被我一腳踹飛出火車，最好閉上嘴不要再唸了～」

當然，這只是我內心的 OS……

如今想來好笑，當時可是疲累欲死……

下回如果有機會再搭普悠瑪……不知道他們會有什麼反應……

畢竟是 3 小時 30 分鐘……

也許……

可以當成出國旅遊搭飛機的前期訓練吧？

 後記 幸好車上沒有殭屍出現！
就算有，好多人都覺得殭屍都會被哭聲嚇跑……
等等！那必須是生前當過爹娘、有這種經驗和陰影的殭屍啊～～～

*《北斗之拳》是 1983 年至 1988 年期間連載於日本《少年 JUMP》週刊漫畫，劇情描述世紀末秩序混亂，北斗神拳的傳人拳四郎為了找回失去的戀人，拯救世界和平，獨自流浪挑戰暴徒。

政客啊～總是
站著說話不腰疼

最近有個選舉口號:「讓嬰兒的啼哭聲成為台北市的交響樂」……
WTF？？？

克里夫 · 歐文演過一部近未來的科幻電影《人類之子》*。

片中全球的人都生不出小孩,已經很久沒有新生兒了,人類處於高度的絕望之中……（以下請自己去看電影）

……最後交戰雙方聽到新生兒洪亮的哭聲時,所有的人都停止了戰鬥……

我很喜歡這部電影,只有在那種情況下,孩子的哭聲會像天籟！
但是……

「讓嬰兒的啼哭聲成為台北市的交響樂」?

說這話的人知不知道自己在說什麼?

他有聽過嗎?我不知道……

但是我十分確定我聽過,就在我耳邊,而且音量不能調節……

從月子中心回家後,老婆和我的地獄就開始了:

新手爸媽一次要照顧兩個小孩……

隔幾個小時就要泡奶、餵奶、拍嗝、換尿布……這些動作做完,下一輪的時間又到了……

而且是兩個！兩個！！

沒有人可以幫忙、沒有人可以支援,我們不能休息、不能睡覺（最後偶爾輪流睡一下）,還有不能工作,不工作就不會有收入……

我們是雙胞胎,居然不夠點數可以請外籍移工保母?（這 TM 的什麼政策?）

本地保母請不起,外籍移工就算有,也沒人要照顧小孩,來台灣照顧失能老人比較輕鬆……（你去公園看看就知道了）

沒有好的公托中心,沒有幫手和資源,我很可以理解,為什麼有人產後抑鬱輕生……

如果，現在正處在我當時情況的父母聽到什麼交響樂這樣的話，內心應該會有十萬匹羊駝奔馳而過吧？（喔！羊駝就是俗稱草泥馬的那種神獸）

我們呢？當然是直接罵粗乃了！（沒有在小孩面前）
為什麼出生率不斷創新低？
（可能政治人物的言行和顏值都有影響）
問題在哪？
要制定政策，你們該問的不是什麼學者、專家，真正要問的是現任的、正在痛苦之中的新生兒爸爸、媽媽！

後記　說這種屁話的政客（很遺憾，他還當選了），一看就知道小孩可能是保母帶的，而且一個月是 6 到 8 萬那種行情的保母！
一個育兒不友善的環境，怎麼能期待生育率會上升呢？
靠魔法嗎？

＊《人類之子》（2006）科幻劇情片，劇情講述未來人類因絕育而面臨滅絕，此時突然發現一名孕婦，一路逃避邪惡追殺，終於為人類誕下象徵未來的新生兒。

尿布政治學

生了雙胞胎，除了休息時間不夠之外，最讓人感到衝擊和震撼的是什麼你知道嗎？

是尿布。

尿布的用量驚人，一箱紙尿片有 210 片，很多是嗎？

我告訴你，沒兩下就用完了，新生兒每 1-2 小時就要換一次，一天可能要 10-15 片，兩個就是 30 片，一箱 7 天就用完了！！

因為用量太大，老婆要開車去買，我要用拖車拉上樓……

從來沒想過有一天我要用拖車拖尿布，以前都是用來拖一箱一箱的書……

所以每當有人問說：朋友生了小孩要送什麼好……

「喔！對了，是雙胞胎喔！」

我和老婆都會異口同聲地回答……

「尿布！」

朋友：「蛤？」（這一聲「蛤」顯示覺得：送尿布太沒誠意了！）

我：「相信我們，記得要整箱的！」

因為環保的原因，一直有人致力於推廣可洗式的尿布……

拜託！我們是沒力氣洗了，你有本事可以試試看！！

因為科技進步，聽說這兩年好像有不錯的產品，我們雙寶沒機會用到，但我想到之前英國花了 3 千萬英鎊推廣傳統尿布……結果是場災難，民眾也罵翻，立意良善的政策，也必須配合實際的情況才行啊！

否則就是政治人物的嘴砲和自嗨而已……

後記

搞什麼環保提案的北七政客都沒有想到這些，因為他們多半從來都不用做這些事！

（這些事情不是老婆、就是傭人做的）

戰略廢棄物處理

幹⋯

尿布之戰

有因就有果，你的報應就是我……

別緊張，這因果關係我不是在說小孩，我說的是小孩喝奶之後的產物：屎尿！

昨天說了買尿布，那是使用前，今天來說說使用後。

拉了、撒了之後的尿布，如果放在一般的垃圾桶，一些蚊蟲馬上就來開趴了，而且味道實在不好，這方面就得看看鉅細靡遺的日本人有什麼應對之策？

有的，專放尿布，可以封鎖臭味的垃圾桶。

但每天塞滿之後還是要倒呀！在拿出來的那一剎那……

你實在無法呼吸……太 TM 臭了！（當然，而且悶上一天了！）

由於尿布不能回收，在把這個垃圾袋綁上，再塞入台北市的專用垃圾袋中時，會擠出一些氣體……要知道在疫情之前，一般人家裡是不會有口罩的，你得忍受這種毒氣攻擊……還得一邊驅趕小飛蟲……

要說有什麼樂趣的話，就是趁它們不注意，迅雷不及掩耳地把聞臭而來的小飛蟲封在垃圾袋裡，從此和袋外的家人天人永隔……（我的心態真是不可取啊～）

跟著就是提著這兩袋去倒垃圾了，尿布中有屎尿……也就是水，你等於是提了兩袋水去扔！那個重量啊～像我這種手無縛雞之力的漫畫作者，實在是扛不住！而且途中味道還會在雙腳走路的撞擊、晃動中散發出來……

你瞧瞧我那猙獰的表情，那不單是因為重，還有因為臭啊～～

我搭電梯下樓都挑沒有人的時候，免得讓人家知道那臭味是我們家貢獻的！（瞧我多麼貼心）

想到再也不用處理尿布，再倒廚餘和垃圾分類的時候，心情就好多了。

對了！今天雙 11 ！（指 PO 文當天）

還在和小孩尿布戰鬥的家長們，有優惠的話記得買多一點呦！

後記

我更新了一下，這應該算是戰略廢棄物處理！

其實戴口罩也沒用，因為口罩也沒辦法擋住臭味的，那真是連清潔隊都招架不住的味道啊～

這篇出來後看到回應：

「日本不但出了可以消除臭味的垃圾桶，還有 Bos 尿布防臭袋，每個尿布都自己獨立一包，垃圾放主臥室也完全不臭……」

可惡！現在才出現？

末日之戰＋威士忌

說起喝酒，早年認識我的朋友都知道，我是不喝酒的，怎麼也沒想到有一天會有專屬於我的酒……
命運實在很神奇啊！

我說過這件事，但應該沒有畫過：
以前不喝酒，是因為喝了就想睡，我還要趕稿啊！這就不奉陪了，而且喝醉了既難過、又難看，相當違反本人的美學標準。
後來因為拍片壓力大，在老婆的建議下開始喝紅酒，據說對身體健康有好處，而且我一喝就開始打瞌睡，很有用。酒是她買的，她買啥，我喝啥，這也很奇妙，一個不能喝酒的人買酒給另一個人喝。
後來有了雙寶，壓力更大了，而且要配合小孩的作息，這可難倒我了，一個幾十年來都天亮才睡的人，怎麼可能早睡呢？

這時紅酒已經不夠力了，於是換威士忌登場……
威士忌很意外的適合我，因為老婆不能喝，每次開了紅酒我都得盡快喝完，好累～～
威士忌沒這個問題，開了幾時喝完都沒關係，但是有另外一個問題：
喝著喝著，不知不覺，我的酒量變好了！結果又睡不著了……
睡不著怎麼辦呢？
看片！

問題是關燈後，電視發出的強光閃爍會影響小孩睡眠（特別是動作片和科幻片），於是我只好拿個大墊子遮在床前擋光，至於聲音？那當然是不能開啊～
有朋友損我說：「你知不知道有個東西叫耳機？」
當然說這話的朋友是沒小孩、也不打算生的那種，所以才不知道一個新手爸爸會緊張兮兮的盯著小孩，生怕小孩被棉被悶到口鼻……

這個畫面，是我一邊盯著妹妹，一邊喝酒！一邊看著《末日之戰》……
（哥哥在另一個房間），墊子的前面是娃娃床（現在淪為阻擋之用），
那為什麼不讓她睡在裡面呢？
很簡單，有一回我們睡覺時，她爬出來～摔到地板上了！！

「狎客琴」以獨特的冷凝方式淬煉出花蓮吉野 1 號酒米與台
灣蘭姆的純淨酒質，再以精準的技術蒸餾高山馬告、柑橘，
不僅融合飽滿的土地與季節的風味，尾韻亦沁出甜美氣息，
調製成兼具柔情、粗獷與雋永的琴酒滋味。

後記 關於專屬我的酒，是指和我的成人漫畫《狎客行之九真陰經》合作的琴酒，就
叫《狎客琴》。
至於這個畫面中的威士忌，記得當時喝的是阿貝！
還有，沒有音效的殭屍就不太恐怖了！
建議以後真的有殭屍出現時，戴上耳機隔音，你就不會怕它們了。

part 2

過動暖男
—
頑皮鬼

背影

朱自清的〈背影〉*寫的是父親，我剛好相反，看到的通常是兒子的背影，因為通常我只能在後面追著他跑，這傢伙的速度飛快，簡直就是《超人特攻隊》中的巴小飛*……

哥哥過動，要他好好坐下來是非常困難的，所以上小一之前，醫生說他雖然不建議；但如果他上課坐不住，真不行只能讓他先吃藥，等適應新的上課方式後再停止。

（結果我們沒有這麼做，認命吧～老師和同學們）

妹妹自閉，有很多只有她自己才知道的規矩，偏偏哥哥過動又愛玩，所以常常在想跟妹妹玩的時候惹毛她，接下來就是伴隨著尖叫之後的挨揍了……

（不過尖叫的是妹妹，是生氣的尖叫）

雖然常常被 K 到大哭，但他卻從來不打妹妹，問他為什麼？

他的答案很簡單：

「因為我愛妹妹！」

 大家看了都說，哥哥很棒。
他真的是！

* 朱自清（1898-1948）為現代散文家、詩人、學者，作品〈背影〉描述離家遠行時，父親來月台送行的背影，借景抒情，真摯動人。
* 《超人特攻隊》（2004）為皮克斯動畫工作室製作的美國電腦動畫超級英雄冒險喜劇片，其中長子巴小飛擁有飛毛腿的超能力。

＃6歲的暖男

哥哥過動頑皮，但其實心思非常細膩，常常會出其不意的被他打敗……

疫情期間打疫苗第3劑，沒什麼明顯的不舒服，但渾身多少有些不對勁，雙寶依照慣例在家中狂野，邊玩邊吵架一直到該睡覺了……

睡前的刷牙、上廁所還是要三催四請，最後用講他們最喜歡的故事哄騙進房間，講完故事終於要睡了……

我：「來，一人抱著把拔一隻手。」

哥哥：「不要！」

我：「又怎麼了？」

我以為他又有什麼地方不爽了，結果……

哥哥：「你今天打疫苗，我碰到你會痛。」

唉……這能不叫人融化嗎？

我又輸了！

（雖然他沒碰到我打針的地方，但最後我的手還是被折成了奇怪的角度……）

後記 這篇好多人看了說這系列會大紅……

嗯……這本書出版後就知道了！

頑皮暖男

比起妹妹，哥哥確實是個暖男，他比較溫柔細心體貼，會注意到你的情緒反應或是身體狀況，比如：

媽媽從椅子上站起來時慘叫一聲，大喊腳痛，哥哥馬上跑到旁邊去，貼心地扶著唉唉叫的媽咪，一瘸一拐的走著⋯⋯

哥哥：「馬麻，妳以後腳痛就告訴我，我扶妳！」

媽媽高興感動：「哇～哥哥好棒喔～這麼懂事，會照顧馬麻了～」

哥哥得意洋洋看向我：「把拔，你也是！你以後腳痛就告訴我，我來扶你！」

我：「太棒了！你真的長大了！不過就是因為你長大變很重了，以後就不要一直坐在媽咪腿上看電視，害她腳痛好嗎？」

啊不就是你害的？

哥哥完美的演繹了：人類同時是問題的解決者，以及麻煩的製造者，真是了不起啊～

後記 有人說，我可以找一天在哥哥面前故意腳痛測試看看⋯⋯
這我倒是很有信心，妹妹不會理我，哥哥會，只要他沒在看卡通！

機智的幼稚園生活

幼稚園中班的時候，媽媽必須開車載雙寶上、下課（是的，爸爸不會開車，往下看有妹妹的結論：「我把拔什麼都不會！」），但常常遇到校門口車多，沒辦法停車，而且警察還會過來幫忙……
是幫忙開單或是拖吊。

媽媽正在對著這一大堆車還有趁機猛開單的警察發脾氣時，哥哥說話了：「馬麻！我想到一個辦法，我們叫拖吊車來把他們拖走，這樣妳就可以停車了！」
……欸
有道理啊～～

後記 媽媽一度認真考慮要不要打電話！？
……

＃6 歲小孩的情緒勒索

哥哥太頑皮被媽媽處罰，不能看 iPad，他大怒嘔氣，不說話跟我冷戰
（媽咪太累去睡了），他想和妹妹一起看，妹妹不願意，人生絕望之
下，一個人在那發怒踢紙箱摔玩具。我氣累了，閉著眼睛在沙發上休
息，不理他，他發現這招沒用之後，就坐下來窸窸窣窣地不知道在寫、
還是畫什麼……

過了一會兒他畫完了，拿了張紙不停的在旁邊跑來跑去，想引起我注
意，最後他把紙放在地板上，等我終於睜開眼睛，他瞪著我，仍然氣
鼓鼓的，指了指地板上那張紙……

我：「你要我看是不是？」還是不說話，但點了點頭。

是一張畫，我撿起來一看，明白了：他覺得爸爸愛妹妹，不愛他，他
心碎……（「爸爸」的爸字還寫錯，寫成八巴……）

這個臭小子不認錯，反倒指責起我來了？

爸爸哭笑不得，又不能被他發現我瞬間融化……

我想起他和妹妹小時候表達能力都有問題，話說不清楚，詞不達意，
我教過他倆：「如果你們不知道要怎麼說，就用畫的，爸爸一定會猜
出來。」顯然，他沒有忘記。

後記 瞧他畫的……
爸爸顯然氣得臉色都發青了！

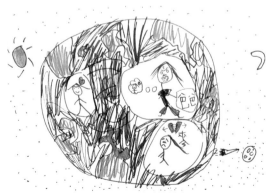

＃6 歲的商業頭腦

哥哥要買魚缸，想養魚。

我小時候也養過魚，行動不便的我沒辦法出去玩，只能坐在魚缸前看著魚一整天……

但他不一樣，他幾乎沒有一刻是安靜的，注意力不集中的他，很難對一件事保持長時間的興趣（他之前想養昆蟲），所以我很擔心，如果讓他養，這些魚應該很快就要去投胎了。

我告訴他，不論他想養什麼我都支持，但飼養小動物必須負責照顧他們，他們是生命，不是玩具，而且要花時間花錢……

說到錢，他眼睛一亮，提出了他的偉大計畫：「我可以賣我的黏土賺錢呀！」（他說的是他做的紙黏土怪獸）

我：「好，你打算賣多少錢？」我指著他手上的怪獸問。

哥哥：「這隻 10 塊！」

我（大驚）：「什麼？這連買紙黏土的錢都不夠啊！」

他想了想，拿起另外一隻：「這隻 1 萬塊！」

蛤？也差太多了吧？

後記　這 6 歲的商業頭腦……
老爸甘拜下風！

毒蜘蛛很可愛

最近許多人因疫情都很焦慮，我來說點雙寶可愛的小事緩解一下吧！

哥哥睡覺前有時候會提出一些要求，或是奇怪的問題，昨天晚上他說：
「把拔，我喜歡狼蛛，你可以幫我買狼蛛嗎？」
我：「好，玩具的話可以，真的狼蛛有毒⋯⋯你為什麼喜歡狼蛛？」
哥哥：「因為他胖胖的很可愛。」
我：「蛤？可是有毒欸？」
哥哥：「沒關係，有毒的我都喜歡，因為很漂亮⋯⋯」
還沒說完就睡著了⋯⋯

然後換我一直擔心這小子長大會不會加入什麼唐門、或是成為「毒手藥王」＊之類的⋯⋯

我畫的是大蘭多毒蛛，這種毛茸茸的蜘蛛，哥哥一律叫牠們狼蛛。
對了，他還喜歡黑寡婦！蜘蛛、是蜘蛛！不是漫威那個寡姐＊！

＊ 金庸武俠小說《飛狐外傳》中的「毒手藥王」一門派。「毒手藥王」無嗔大師，其師弟「毒手神梟」石萬嗔，其徒弟慕容景岳、姜鐵山、薛鵲和程靈素等人，都是用毒、解毒、治病、療傷的能手。
＊《黑寡婦》（2021）美國超級英雄電影，也是是影史迄今最讓男人神魂顛倒女英雄，性感「寡姐」由史嘉蕾 ・ 喬韓森飾演。

樓下的爺爺覺悟吧！

雙寶放假啦！～～
沒去上課，哥哥也就沒有吃藥了，所以這 5 天……每天都有一個亢奮到不行的小鬼大吼大叫、拍打東西、在家裡東奔西跑、跳上跳下、和妹妹吵架……
媽媽跟我每天都被他吵得頭痛欲裂……

有一次我在洗碗，他又在一邊打遊戲一邊大吼大叫，妹妹被他激怒了，也尖叫反擊，妹妹是會出手打人的，所以我急忙從廚房探出頭來大吼制止：「可以不要再大叫了嗎？」（沒辦法，我也大吼大叫）
哥哥露出他無敵的笑容：「我有自閉症Ｙ！」
我：「給我等一下！要找藉口也正確一點！你是過動！」
……
已經會用這個找藉口了？

後記

每次他們蹦蹦跳跳，我都大吼：
「不要吵到樓下的爺爺～」
且以樓上樓下都能聽到的音量……（哼！我盡力啦！）

＃ 說故事的力量

跟妹妹不同，哥哥平時還可以講道理，但有時候「番」起來也很難搞，
得用不同的方法對付他。

某天回家正急著上廁所，進門就看到哥哥正和媽媽拉扯著洗衣袋不
放：「給我！給我！」

媽媽生氣：「不行，這是洗衣服要用的……」

接著媽媽一通解說洗衣袋的作用……

我一聽就知道哥哥才不會管，他現在就是要。

我一邊走向廁所，一邊轉頭告訴他：「洗衣機會吃掉襪子喔！」

哥哥眼睛一亮，來了興趣：「真的嗎？」不拉扯了。

我：「然後襪子會逃走。」

哥哥：「逃走？為什麼？」

手放開了，跟著我走向廁所……

我：「因為怕洗衣機吃掉它們啊！所以要用網子把它們網住，襪子才
不會跑掉！」

哥哥：「那它們逃走了，會跑去哪裡？」

接下來就是一個小童在廁所門口，聽著門內馬桶上的爸爸胡扯……

這……就是說故事的力量！

後記　然後我發現，要一邊大便一邊編故事，很難！
各位，大便請一定要專心！

廁所門口的為愛朗讀

哥哥沒有一刻是安靜的，永遠動個不停（不然怎麼叫過動？），比較
靜態的時候，除了睡覺、看卡通之外，就只有在馬桶上了。

不過他自己不動，但是有辦法讓你動……

哥哥：「把拔過來！」

我：「幹嘛？」

哥哥：「我要大便！」

我：「大便就大便，幹嘛叫我？」

哥哥：「我要聽故事！」

我：「出來再聽不行嗎？」

哥哥：「不行！」

我：「要聽什麼？」

哥哥：「野貓軍團＊！」

於是我拉開折疊椅，坐在廁所門口唸故事給他聽……

唉～想我堂堂的一代宗師居然要在廁所門口唸別人畫的繪本？……

我：「好了，講完了！」

哥哥：「還要聽！」

我：「你到底還要大多久？」

哥哥：「再大一本！」

再大一本？這是什麼計算單位？

童書是這樣用的嗎？大便一次消耗一本？

難怪有人說童書繪本就是買起來貴，唸起來快啊！

我是不是應該來畫個「麥叔叔的不正經童話故事」系列？

 後記　為了增加笑果，我很難得地自稱一代宗師！
事實上我比較想當至尊法師啦！

＊《野貓軍團》是日本知名繪本作家工藤紀子的系列繪本，故事主要講述八隻壞壞又萌萌的貓咪
在一起所經歷的有趣故事。

放在手上的屁

哥哥之前病了一個禮拜，每天晚上咳嗽，他睡不好，淺眠的我也一樣沒得睡……要看哥哥是不是好多了很簡單，只要看他是不是開始皮就知道了！

哥哥：「把拔過來！」

我：「你又要幹嘛？」

哥哥：「過來一下嘛！」

雙寶每天在家就是不斷的使喚爸媽……

我：「好，什麼事？」

哥哥：「摸我小屁屁！」

我：「蛤？」

和妹妹不同，哥哥很喜歡親親抱抱，連吃個飯都會突然把腳伸過來跨你身上，所以各種身體接觸的要求都不稀奇……

不過要求摸屁股還是很奇怪！！

「ㄅㄨˊ～」

「啊～～～」（我假裝慘叫）

果然！這傢伙放了個屁在我手上！

然後得意的哈哈大笑！（妹妹也笑得很開心）

之後一整天都樂此不疲！

要放屁了，還要忍住跑來放在我手上才高興……

他顯然已經好了，於是我也樂得陪他玩這個蠢遊戲！

麻煩的是……不管我在幹嘛，洗碗、吃飯、做家事甚至上廁所……

「把拔！開門！」

「又來了？」

你蹲在馬桶上時，也會有個小屁股從門縫伸進來……

「ㄅㄨˊ～」

「啊～～～」（我又慘叫）

是的，你必須配合慘叫！這樣就會得到兩串很開心的笑聲……

不過裝傻也有副作用，妹妹就認為：「把拔是大笨蛋，每次都被騙！」

……

後記　一整天都在感受手掌上的氣流～～～
到出書之前，他都還樂此不疲……不知道會玩到幾歲啊？～～～

浪漫的小男孩

哥哥：「把拔！為什麼我和妹妹的眼睛是藍色的？」

（妹妹繼續畫圖完全不理……）

我：「因為爺爺是外國人。」

哥哥：「你的眼睛是什麼顏色的？」

我：「咖啡色的。」

哥哥：「那馬麻呢？」

我：「馬麻是黑色的。」

哥哥：「我知道了，你的眼睛是土地，我和妹妹的是天空……」

哇？這小子今天突然這麼有詩意啊？

我：「那馬麻呢？」

他停下來想了一下……

哥哥：「是山洞！」

喂！

這也差太多了吧？

 已經有人認為這表示我們是雷禪＊的後代了……
（《幽遊白書》魔族大隔世）

＊雷禪，日本漫畫《幽遊白書》及其衍生作品中的角色。魔界的三大巨頭之一，是魔界中最強大的妖怪，稱為「鬥神」。他為了填飽肚子而肆意殺人和吃人，直到遇見一名勇敢面對他的奇怪女子，雷禪傾心於這名女子後和她交配，加上魔族大隔世才生下了幽助的祖先。

＃ 關你屁事？

雙寶在疫情發生前的萬聖節，開心的準備扮裝出門。

（但是爸爸媽媽沒有扮裝～實在是太累了！）

哥哥看到妹妹的白雪公主裝很漂亮，他不解的問：「為什麼男生都沒有漂亮的衣服？」

是的！爸爸從幾十年前就已經疑惑到現在了……

（現在的男生衣服還是很醜！）

於是，媽媽讓他自己挑衣櫃裡的衣服，結果，他選了妹妹的這套南瓜裝。

要是在平常，妹妹肯定不願意借他穿，但她今天是漂亮的公主，很開心，所以沒有生氣也沒有拒絕。

到了天母的公園人山人海，

各種妖魔鬼怪都出來了，有些是扮演的，有些看起來根本就不用扮……（對不起！我說了實話！）

一路上不斷有人說：「哇！好可愛喔！」

謝謝！

雙寶很得意！當然我們也是！

也有人對自己的小孩說：「你看那個姊姊好漂亮！」

我：「謝謝！他是哥哥！」

「蛤？怎麼那麼像女生？」

從出生到現在，就沒有人覺得他是男的……

還有一些人是最差勁的：「男生？那為什麼給他留長頭髮？」

你是沒有看到他爸爸也是長頭髮？（怒～）

「蛤？男生？那為什麼給他穿裙子？」

TM 湯姆•克魯斯小時候也穿裙子你知道嗎？（我開始火大了！）

「這樣他以後會不會變成……」（以下言論太 ××，不寫了）

剛開始我們還會禮貌但冒著青筋回應……

但這些白目的人真的太多了……

（還有說雙寶為什麼像外國人的……我就不提了！我 TM 還得給你看族譜驗 DNA 不成？）

最後我直接笑瞇瞇回答：「關你屁事？」

對方表情瞬間凍結……

因為在小孩面前，所以我把「幹」字忍下來了，望周知！

（對了，哥哥當天背後還揹了一隻黑色大蜘蛛～我忘了畫！）

後記　有人回應：「放寬心，台灣人很多都是有病的強迫症，強迫別人，不是自身！」

是啊～

嚴以律人！

寬以待己！

樂高積木的恐怖

我在家時總是穿著拖鞋，不是因為地板不乾淨，家裡有小孩的人多半應該知道為什麼？

答案只有一個：樂高積木零件！

眾所周知：當你光腳踩到樂高時，就會仰頭發出哥吉拉＊般的慘叫～～～

只差不會吐出光線……

不過應該會口吐芬芳：罵爹罵娘！

偏偏哥哥超級喜歡玩樂高，妹妹早上一起來就開始畫畫，哥哥則是一起來就開始玩樂高。

他的樂高組合超多，但沒有一個是完整的；無論是什麼樣的限量版到了他手裡，他總是組合完之後不久，就又被分解成零件了，家裡因此到處都是樂高的零件，《侏羅紀公園》＊的恐龍永遠都是缺手缺腳的……

你會在任何地方發現樂高：桌上、地上就不用說了！

床上、浴缸裡、排水口、沙發上、書包、鉛筆盒、衣服、褲子口袋……

就當你已經見怪不怪，自以為習慣時……

沒想到樂高進化了：

它出現在我的飯碗裡！

要不是因為這塊積木的黃色太耀眼，我可能就把它和飯菜一起送入口中了！

這實在太危險了，我不是咬一口崩掉牙齒，不然就是卡在喉嚨送醫急救……

當我夾起這塊樂高，沒好氣的問他時：「哥哥！這是什麼？」

哥哥停下組樂高的手開心大叫：「對！我就是缺這一塊！謝謝把拔！」

然後撲過來抱我……

……這個機靈鬼！

後記 從這篇的回應發現，很多人家裡都有各種各樣的樂高積木災難……有踩到腳底流血的、有傷到肌肉組織得去看醫生的……

大人的腳底～真是最好的樂高零件探測工具啊！

（不知道為什麼小孩都不會踩到？）

至於究竟為什麼樂高會跑進飯碗裡？

樂高的反彈力很強，他邊吃飯邊組樂高，應該是這途中彈進來的！

對了！說明一下：哥哥手上那一隻是他自己組裝的巨齒鯊＊！

＊《哥吉拉》源自於 1954 年日本戰後，民間對戰爭情緒的積累而創造出的巨大「怪物」，在被輻射污染的海域中復活，對人類和城市展開破壞攻擊，被公認為影史上最有名日本怪獸角色。

＊《侏羅紀公園》（1993）美國科幻恐怖片，史蒂芬 · 史匹柏執導，劇情講述成功復育恐龍的主題樂園，邀請專家學者前往島上參觀，卻因天災人禍而遭遇恐龍攻擊，精采的故事和特效在當時創下全球電影票房最高紀錄。

＊《巨齒鯊》（2018）科幻動作片，改編自科幻小說《深海侏羅紀》，由傑森 · 史塔森飾演的深海救援潛水專家，冒著生命危險去拯救遭受史前巨齒鯊襲擊的深海潛艇……

第一次的生離死別

昨天晚上哥哥不吃飯，小小聲的喃喃自語……

我：「哥哥，你在祈禱嗎？」

他點頭，然後眼淚就流下來了……

哥哥過動，常常大叫大笑，但是他內心非常敏感纖細，跟妹妹的大手大腳完全不同。

今天雙寶和媽媽去公園放風，哥哥發現一隻掉在地上的麻雀，可能是受傷或生病了，他顧不上玩，要媽媽帶他去醫院給小麻雀看病，媽媽找到獸醫診所，診所表示他們不會看鳥類，於是只好先帶回家，等等再想辦法。

他們回到家，我看到了小麻雀，應該已經不行了（在公園時還會動但沒辦法飛），正在想要怎麼告訴哥哥……

但牡羊座的媽媽直接就說了：「牠好像死了……」

（哇咧！這個媽媽實在是太直白了吧？）

於是，就有了哥哥吃不下飯為牠祈禱這一段。

（他以前生病的時候，看過我在他床邊為他祈禱）

我告訴他：「哥哥，麻雀的壽命沒有我們長，牠看起來沒有外傷，可能是老了，時間到了，還有，牠受到驚嚇時體內會分泌毒素……」

（以下科普部分跳過）

他抱著我開始哭，哭得很慘，我告訴他：「牠在生命中的最後時刻，有你抱著牠，牠知道有人關心牠、愛牠，這樣就非常好了！別的麻雀都沒有，現在你可以不要難過了，讓小麻雀安心離開，也許牠會再度來到這個世界，變成小貓、小狗或是小朋友，或許你以後還會遇到牠喔！」

安慰有點效果，他點點頭，然後帶著眼淚鼻涕，用哭腔小聲在我耳邊說：「那我可以看手機嗎？」（他說的是 iPad）

嗯！我放心了……

這天 520，哥哥經歷了人生中第一次的生離死別，記錄一下。

後記 好多人說哥哥是暖男！
不！他簡直就是暖爐了啊～

小麻雀不重要嗎？

之前說哥哥在公園撿到飛不起來的麻雀……

哥哥在知道獸醫診所只能看貓狗，沒辦法醫治小麻雀時，他著急難過又生氣：「難道他們覺得只有貓狗是重要的嗎？」

媽媽告訴他，醫生不是什麼都懂，因為養貓、養狗的人比較多，所以專門看貓狗寵物的醫生就比較多。

邏輯是對的，但我想他不會滿意這樣的答案。

問題簡單，卻很難回答。

孩子是來提醒你，你已經習以為常的世界，並不是那樣的理所當然。

後記　這一則 PO 文有各種不同角度的回應，也有關於動物救助的資訊……（實在太多了）有興趣的朋友，請到我粉絲專頁上看看。（2022/06/08）

我知道了！妹妹生病了…

哥哥本來就過動，偏偏碰上一個很麻煩的妹妹，她的規矩很多，你只能按她的規矩玩，一旦犯規，她馬上大叫大怒，接下來無論我在哪，就算在大便，也一定要趕快衝出來，免得情況一發不可收拾。（請不要想像那種畫面！）

情急之下我總是大吼：「哥哥，停止！」、「哥哥，走開！」

哥哥也會生氣大吼：「又不是我的錯！」

然後，蹬蹬蹬！跑到房間生悶氣，氣我為什麼總是吼他？我是不是偏心？

我：「對不起，把拔知道不是你的錯，把拔可以跟你講道理，但是跟妹妹就沒辦法，她生氣大叫之後會怎樣？」

哥哥：「會打人。」

我：「對，你的眼鏡是不是被打斷好幾次了？」

哥哥默默點頭，妹妹出手的速度實在太快了。

我：「哥哥，把拔需要你幫忙，玩得時候要注意，不要鬧她，她開始生氣的時候要趕快停止，好嗎？」這對過動的他實在很難……

我：「我知道這樣對你很不公平，但是把拔想不到其他的辦法，每次妹妹犯錯或是打你，我跟媽咪會處罰她，對不對？」

哥哥點頭，我繼續說：「我記得妹妹每次被處罰，你都會替她求情，你很善良，把拔很高興，但是你要學會注意安全，要會保護自己，好嗎？」

他知道我不是針對他了，也知道我不希望他受傷。

哥哥：「把拔，什麼是自閉症？」

我努力跟他解釋，試著用他可以理解的語言……

他聽完沉默了一會，認真地說：「我知道了！」

我：「你知道什麼？」

哥哥認真：「妹妹生病了，她得了一種很容易生氣的病！」

我笑出來，他馬上又開心了，他其實多數的時間都是開心的，只是容易太嗨，也就容易惹毛妹妹……

唉～這兩兄妹的組合實在是……一言難盡啊～～～

後記

我覺得這兩個投胎的時候一定講好了：
「我知道了，我們一個自閉、一個過動，一起去鬧他們好不好？」
「好！」
還有……我其實很不想被稱為好爸爸，這種人設很恐怖（而且是泡不到妞的），
請改說「麥叔叔好帥」之類的如何？

過動的暖男

妹妹很壞，被處罰要在房間裡反省，她坐在床上哭，是氣哭，因為她從來不認為自己有錯……

哥哥前一分鐘還在跟妹妹吵架搶玩具（他通常是挨打的那個），現在卻趁著大人沒注意，偷偷摸摸的抱著一堆玩具，想溜進房間。
我：「你抱著一堆玩具幹什麼？」
哥哥嚇一跳：「因為妹妹很可憐，在房間裡沒有玩具……」
我：「你前一秒鐘不是還在大吼大叫？說她每次搶你的玩具？」
哥哥：「沒關係，我讓她玩。」

他又心軟了，這兩個從小打到大，但常常先讓步的都是哥哥。

後記

有人說：哥哥真好！
我回：跟爸爸一樣！

我的弟弟 Willie

今天父親節，說一點和爸爸有關的故事：
我旁邊這兩位帥哥都叫 Willie，一個是我弟弟，一個是我兒子。

弟弟和我，還有姊姊們和妹妹是同父異母，三個不同的媽媽生的，他是第 3 個媽媽的獨生子，和我一樣，他從小渴望有個兄弟可以陪他玩，當他 20 幾歲知道自己居然有個哥哥後非常生氣，怪他媽媽沒告訴他：「妳把我的兄弟偷走了！」
弟弟完全是維京人 * 和高地人的樣子，和我比起來，他的身高比較接近老爸，但我二十幾歲時長得和爸爸幾乎一模一樣。（除了身高和鼻子都沒他高）

說來話長，隔了幾十年，兄弟姊妹才在舊金山見面相認，之前我們互相不知道對方的存在……
總之，老爸就是個不負責任的傢伙，孩子管生不管養，他花在觀察野鳥的時間還多過陪小孩，似乎還發現了幾個新品種……
老爸在美國國務院工作，水門案之後，尼克森 * 這一派失勢……（對了，老爸給我取名 Richard，不知道和尼克森有沒有關係？）政治前途無亮，老爸成了酒鬼，弟弟的成長過程吃了不少苦頭，但他卻沒批評過他。

他小時候常常因為老爸喝醉了被關在門外，最瞎的一次，是老爸醉酒回家路上，遇到持械搶劫，他把劫匪打跑了。回家後，弟弟的一個小孩卻得送他去醫院急救，因為肚子中刀了，我不記得刀是不是還插在上面……（好像是）
所以姊姊們一直告訴我：「你沒跟爸爸一起長大是好事！」
……
我畫了雙寶的故事之後，常常有人說我是好爸爸。
不！我不覺得，但我只想好過我爸爸……

知道是雙胞胎以後，而且還是一男一女，中文名字比較傷腦筋，因為姓麥的名字很難取啊～～

但英文名字老婆想好了，「我以前一直想，如果我有個女兒，我要叫她 Valentina，我一直很喜歡這個名字，兒子的就叫 Willie 好嗎？用你弟弟的名字？」

於是兒子就叫 Willie 了。

最近給兒子看弟弟的照片：「哥哥，這是把拔的弟弟，他的名字和你一樣叫 Willie，你的名字就是從他的名字來的喔！」

哥哥不以為然：「是他和我一樣，是我先叫 Willie 的！」

好吧！你贏！

這一篇大家的回應很有趣！

「原來麥叔是混血兒！！畫的漫畫跟題材超有趣的，小時候看麥叔漫畫就覺得這個漫畫家實在很妙，不知道為什麼知道麥叔是混血兒就覺得又更妙了！」

不知道妙在哪裡？

「從高中《星期漫畫》連載中《天才超人頑皮鬼》認識麥叔叔，直到 30 年後才知道麥叔叔是混血帥叔！」

大家都不知道我是混血，看來我隱藏的很好啊？～～

* 維京人，在北歐區域的一支，傳統印象是身材高大，留著大鬍子，就像卡通《北海小英雄》裡面的海盜造型一樣。

*1972 年位於華盛頓特區水門綜合大廈民主黨全國委員會被人侵入，時任總統理察‧尼克森（Richard Milhous Nixon）及內閣試圖掩蓋事件真相並阻撓國會調查，導致憲政危機。此次事件稱「水門案」，並迫使尼克森於 1974 年宣布辭去總統職務。

☆工商時間

《鐵男孩》出書了！真是天地同悲⋯⋯不！普天同慶！！！

這本漫畫描述了少年和老人之間的愛⋯⋯

鐵男孩 1-2　# 永不放棄

雨傘上的骨頭人

昨天媽媽讓妹妹自己留在阿嬤家一陣子，之後我去接她回來。
她今天在學校又打哥哥，把哥哥的眼鏡打壞了，被媽媽處罰，必須和
哥哥分開，不能一起玩⋯⋯

因為被處罰，她不高興，臭臉的樣子很像奈良美智＊畫的小女孩⋯⋯
路上下雨，我告訴她：「妳不能動不動就打人⋯⋯」（以下略過）
妹妹很高興的大叫：「骨頭人！」
我：「蛤？」
她指著雨傘又說一次：「骨頭人！」

「骨頭人」是骷髏頭的意思，我的傘上隱約的布滿骷髏頭的印花，我
卻一直沒發現。妹妹有自閉的問題，卻常常會看到一些我沒注意到的
東西⋯⋯

發現骨頭人之後，妹妹情緒一秒轉換，一路得意的回家。

現在爸爸可以幫妳撐傘，但不知道可以撐到妳幾歲啊⋯⋯

後記 這是雙寶系列的第一篇 PO 文，提到妹妹的自閉問題。
有人說，小孩子完全成長前的一些反應，不一定是自閉、亞斯或是過動⋯⋯
我明白，不過我們雙寶都有看醫生認證過了，不是自己以為的。
還有，妹妹現在 8 歲了⋯⋯（出書時）還是會打人⋯⋯

＊ 奈良美智，日本當代藝術家，作品多以「童年」為核心主題，畫中女孩那圓滾滾的頭型、飽滿
的雙頰，則是源於日本傳統「阿龜面具」（Okame），善於塑造各種帶有情感的眼神，帶有些微
憤怒、不屑甚或邪惡的「睥睨」眼神。其作品乍看之下就像簡單的塗鴉插畫，但其中除了藏著他
多年累積的繪畫功力，在一張張可愛臉孔背後，還蘊含著他對孤獨的詮釋。

排嘟嘟

男孩專注的玩著拼圖遊戲，但就在快完成時，他發現少了最後一塊，他整個失控大抓狂，一直重複著，他必須完成……
這是電影《會計師》*開場不久，班・艾佛列克飾演的男主角小時候，他有高功能自閉症。（家人有類似問題的，看到那裡應該會有很熟悉的感覺……）
「高功能自閉症（High-functioningautism，簡稱 HFA），指智商中等或更高患者所患有的自閉症，該類自閉症患者多數具有語言能力，學習能力較佳、自閉傾向較不明顯；但語言理解與表達力、人際互動與聊天的能力仍有困難。」
這是我查到的說明。

妹妹的自閉症比起主角來算輕微的了，在她一、兩歲的時候，有一個很類似、很有趣、但也很頭痛的行為：排嘟嘟！（「嘟嘟」是玩具小汽車）
她會把所有的玩具車不管大的、小的全部拿出來，在地上開始排列整齊，剛剛開始你會覺得很可愛，但是接下來就笑不出來了……
因為她不管在走道上，或是桌上都排滿了車，而且你不能碰到，不然她會整個尖叫大抓狂！（不過沒有男主角那麼嚴重啦！）
妹妹排嘟嘟的時候很安靜，也很專注，雖然她面無表情，但可以感覺到她是開心的……

只是苦了大人和小孩，可憐的哥哥常常因為這樣沒得玩而大哭！（幸好還有他喜歡的恐龍玩具可以擋一下）
而爸媽每每在準備吃飯，飯菜上桌時都得小心翼翼，別把嘟嘟碰掉了……在家移動時基本上都只能踮著腳尖……邁著貓步，優雅如芭蕾舞者！？
並沒有！！！

我們常常是扭曲著身體，以奇怪的角度跨過妹妹布下的車陣，同時注意不要踩到車車滑倒，或是被迫拉筋劈腿……

妹妹 8 歲了，現在不會再排嘟嘟了（幸好～），但是仍然有一些近乎強迫症的行為，不過比起小時候無法溝通的半獸人狀態，現在這樣已經謝天謝地了！

（對了！你不小心碰到她或是她的東西，她不高興還是會尖叫！！！）

有人說，為什麼會有這麼多車車？這是一個地獄問題！
為什麼？因為哥哥喜歡車車啊～～～

《會計師》並不是一部討論稅務的電影！

*《會計師》（2016）美國動作驚悚片，由班 · 艾佛列克飾演片中患有高功能自閉症的會計師，他的客戶多為世界各地的犯罪組織，引起了調查局的注意……

☆工商時間
這才是真正的幹話 T！
有人想買嗎？買了會穿嗎？
＃鐵男孩 T（敬請支持！請洽大辣出版）

小酒鬼

5 歲能抬頭，幾歲能喝酒？

你幾歲開始喝酒的？

妹妹還沒斷奶就開始喝了⋯⋯（並不是）

老朋友知道，以前我喝咖啡不喝酒，因為一喝就想睡，偏偏朋友是一堆海量酒鬼，就是喉嚨一張達三江那種喝法，所以酒局能躲就躲，出了名的歹鬥陣。

後來拍動畫影集一個人身兼數職，工作壓力太大，放鬆不下來，我就利用喝酒就想睡這一點。不過我只在吃飯時喝，吃完打一下瞌睡補一下眠，中午吃飯喝啤酒，晚上睡前原本是喝紅酒、白酒，後來不夠力，有小孩之後改成了威士忌，幫助睡眠。

和家人相認後才知道，老爸晚年酗酒，弟弟也喝酒，原來我們家是有酒鬼基因的！？（不過姊姊們和妹妹不大喝酒）

雙寶開始坐在娃娃餐椅上吃飯的時候，妹妹注意到我的啤酒，可能是因為會冒泡泡的關係，看她好奇，我把杯子遞了過去，告訴她：「啤酒！」結果她手速超快，啪～的一聲！手就扎進了杯子裡，然後拿出來舔手指，本想啤酒有苦味，她應該不喜歡，沒想到她笑嘻嘻地說：「還要！啤～酒～」

（這是當時她少數會說的幾個句子之一）

從此每天吃飯的時候，她都要來這麼一下，每次都把手扎進杯子裡，接著兩隻一起哈哈大笑，然後說：「還要！啤～酒～」

我實在不能確定，她是為了玩泡泡、還是喜歡啤酒？因為每次都會舔光光啊～一點也不排斥（哥哥就沒有這樣）。

雖然蘇格蘭、還是愛爾蘭人據說會在牛奶裡滴上威士忌，讓小朋友喝完牛奶乖乖睡，但也不是像妳這樣子吧？

因為擔心她太早變成小酒鬼（而且每次都會被她玩掉 1/3 杯左右），後來就不讓她玩了，她還不高興了一陣子。

妹妹！等大一點再來陪老爸喝酒吧！

 後記　有人發現了，妹妹確實是用左手玩啤酒！
　　　　（左撇子）

＃妹妹的七言絕句

妹妹大怒：「不是這樣啦！我明明說了你又寫錯……哇～哇～哇……」
之後暴哭至少半小時……

妹妹對有些事情非常堅持，她有她的規矩，如果違反，她就會抓
狂……（自閉兒的家人應該都有經驗）

知道她會這樣的我，當然是不會去惹毛她的，那今天又是怎麼回事
呢？

「把拔，幫我寫字……」咦？平常都是要畫圖的啊？好吧！一再確認
之後才下筆……悲劇仍然發生，原因是：她要直的寫，而我橫寫……
我真的沒搞錯，但她一秒改變主意……

如果我繼續出現在她面前，她的憤怒不會停止，筋疲力盡的我只好去
房間躺平，我很生氣，但這並不是她的錯……

她平靜下來之後，進來房間：「……把拔，幫我寫……」她不會放棄，
也不會道歉。

我很無力：「好，是這樣嗎？」

妹妹：「對。」

我：「那妳不可以再生氣了，好嗎？」

妹妹：「好。」

我躺著，墊著手機，在她畫了小圈圈的小紙片上寫下她指定的七言絕
句，一連寫了 5 張左右……我仍然不知道她到底要幹嘛？

（同時，媽媽在客廳也寫了幾張……）

時間倒轉，回到今天的晚餐後，媽媽說：「這幾天好忙，都忘了吃維
他命。」一邊吃也遞給我一顆……

沒想到妹妹面無表情的記住了！

這就是事件的起因，妹妹把寫了字的小紙片貼在每一個門上，每一
個。

紙片上的七言絕句是：「記得要吃維他命。」

後
記　她聽到了什麼、看到了什麼，你都不會知道……
　　而她的好意……總是帶著強迫性，你立刻就要照著做。

要不要吃冰淇淋？

妹妹從小就是個謎……
她不高興，不說話。
她高興，也可能不說話（但是會自言自語）。
除了說與不說，沒想到她還有第三種反應……

我：「妹妹，要不要吃冰淇淋？」
不說話……
我：「要還是不要？」
不說話也不點頭，繼續畫圖，然後開始剪卡紙……
我：「那我吃掉了喔？」
不看我，然後把剪完的卡片給我，上面用注音寫了個「ㄧㄠˋ」
……
老爸哭笑不得～

後記 給大家統一回覆：
冰淇淋沒有被我吃掉啦！

哪裡不對？

陪小孩作作業除了暴氣之外，有時候也會出現爆笑時刻！

我看著作業：「妹妹，妳這題不對……」

妹妹：「哪裡？」

我：「選擇題：下面哪一個不適合出現在自我介紹中呢？

1. 自己的名字。

2. 自己的興趣。

3. 爸媽的收入。

4. 向大家問好。

……妳的答案是 1 ？這樣對嗎？」

妹妹：「哪裡不對？（理直氣壯）不是不要隨便告訴別人妳的姓名？」

……

無言以對，果然是妹妹！！

這麼小就懂得不要隨便透露個資啦！！～

後記　然後「3. 爸媽收入」……
是可以透露的嗎？

妹妹上課囉！

媽媽買了一個 IKEA 的畫板給妹妹，妹妹大喜！
從此每個人都會被她抓去上課，每個人都避之唯恐不及……
最辛苦的是哥哥……

妹妹：「這個問題有沒有人會回答？」老氣橫秋的敲著黑板。
哥哥：「看不到啦！」乖乖坐著。
妹妹：「沒有？好，下一題！」
哥哥開始不耐煩了：「擋住了啦～妳！」
沒去學校上課時，妹妹就是這麼在家裡「上課」的……

（哥哥不耐煩跑掉了，最後就變成暴龍上課了……請看〈# 暴龍上課
中〉）

後記 有人說：「她上課是完全沒打算讓你發言的，除非她指名！」
沒錯！
妹妹是個好老師……
完全只管自己高興就好的老師。
……

暴龍上課中

妹妹很喜歡媽媽給她買的黑板（有一面是白板），上面有一個大紙捲，可以拉下來大畫特畫，但她偏偏喜歡在白板上畫畫，還有：寫考題。這應該是學老師的，不只這樣，她作戲要作全套，寫完之後還要考試！

全家每個人都要被她命令到板子前面回答問題，問題是這些問題很有問題，題目的邏輯只有她知道，全部的人都搞不懂，煩死了，她卻樂此不疲。

哥哥幾次之後就沒耐性了，直接不理她，跟著……爸爸媽媽終於也到了極限，累死不玩了！！（她卻可以一直重複個不停）

對於竟然有人違抗她的指令這件事，妹妹是非常惱火的，終於，她找到了理想的盤問對象……

某日進門我就看到這樣的景象：迅猛龍和暴龍各有一張小桌子和小椅子，面對著白板，還有態度不可一世的妹妹！

她凶巴巴的指著暴龍說：「暴龍，你說！你為什麼不會？說啊！」

那一瞬間，我對暴龍生出無限的同情……

《侏羅紀世界》* 如果有第 4 集，可以考慮這一段：恐龍如何努力學習融入人類社會！但碰到一個無情的老師……

然後～記得找妹妹演喔！

 後記 後來恐龍們整個晚上都得面對著白板！
不准離開座位……

*《侏羅紀世界》（2015）美國科幻冒險片，《侏羅紀公園》系列中的第 4 部電影作品，由史蒂芬・史匹伯擔任監製，劇中因帝王暴龍逃脫，整座恐龍主題樂園再次陷入危機。

異形戰場

最近因為雙寶防疫假沒去學校，所以我都沒 PO 文，關於陪小孩作功課的苦難……改日再說吧！！

我常常畫妹妹臭臉，但她其實也很喜歡笑，特別是她得意的時候。

某天回家發現她又在塗鴉，手上臉上都是，媽媽正在問她為什麼要畫自己的臉？

妹妹又不爽，臭臉不回答……

我看出她臉上的圖案有點眼熟：「妹妹，這是不是那個很厲害的隊長姐姐臉上的圖案？」

妹妹馬上笑瞇，高興點頭！

媽媽完全不能明白：「蛤？那是什麼？」

我：「《終極戰士》的勇士符號。」

媽媽傻眼：「誰會知道啊？哪裡來的？」

我：「（問題1）我！（問題2）《異形戰場》＊！」

 臉友回應：「看來只有麥叔叔才能夠收服妹妹了！」

你搞錯了，我才收服不了她！

＊《異形戰場》（2004）美國科幻恐怖片，將《異形》和《終極戰士》兩系列故事背景結合，人類是終極戰士用來培養異形的宿主，為求生存必須以一敵二，展開了驚悚的異、獸大戰。

#只能看 10 分鐘

妹妹從小就是個謎……

她在睡覺前常有怪招，通常是賴在客廳畫圖不睡覺。（有沒有很像誰？）

有時候她會要求看一下電視再去睡，我們家是不看電視的，她指的是光碟，我通常讓她自己選要看什麼……

我：「妳確定要看這個？」

眼神堅定的點點頭。

我：「妳看這個睡得著嗎？」她再度肯定點頭，眼神凶惡，已經開始覺得我很煩了……好吧……

爸爸只能乖乖去放片，一邊嘀咕：「只能看 10 分鐘喔！」

3、4 歲的時候看的是《冰雪奇緣》*，現在 6 歲的睡前電影居然是《屍速列車》？

這篇好像是我首次破千的 PO 文！

妹妹從此建立了愛看殭屍電影的人設……

爸爸害的。

*《冰雪奇緣》（2013），由迪士尼動畫製作的音樂奇幻喜劇 3D 電影，改編自丹麥作家安徒生的童話《冰雪女王》。講述樂觀無畏的安娜公主為了破解姊姊艾莎公主的冰封魔咒，和夥伴們展開的冒險旅程。

＃末日之戰

妹妹從小就是個謎！

上回說妹妹睡前要看《屍速列車》（請看〈＃殭屍排行榜〉）受到大家的喜愛，是我第一個破千的 PO 文（爸爸真丟臉啊～還要靠妳兄妹倆）。今天再來說一個更早之前的：

大約在她 4、5 歲的時候，有天我回家，妹妹在生氣，因為她說不清楚想看什麼電影，媽咪完全聽不懂崩潰中……（不能怪媽咪，亂七八糟的領域是歸爸爸管的）

在她混亂的敘述中，神奇的爸爸聽明白了：「是不是有一個把拔帶著兩個小妹妹跑到頂樓坐直升機，後面有殭屍追他們那個？」

她滿意點頭：「對！」同時瞪著媽媽～為什麼妳就是聽不懂呢？

媽咪：「那是什麼？」（好奇）

我：「她要看的是《末日之戰》！」

媽咪：「蛤？……」

她跟媽媽講的是實驗室那一段，不會說「實驗室」，所以媽咪雖然看過，但完全聽不懂，我是用心理側寫猜出來的。（屁啦！）

大家不用擔心，她同時也喜歡《彩虹小馬》＊！

後記

有人問了：「她會不會喜歡《殭屍校園》＊？」

那個是影集，太長了，我如果不能記住所有的鏡頭……她說要看的時候，我一定猜不到是哪一段？所以還是先不要讓她知道得好。

＊《彩虹小馬》源自於美國孩之寶公司的小馬造型玩具，於 1986 年開始發行系列的動畫、影集及電影，至今已進入第 5 代。

＊《殭屍校園》（2022）韓國驚悚劇集。殭屍病毒從一所高中開始爆發，受困的學生們必須奮力逃出，否則就會成為狂暴的感染者。

殭屍大災難生存技巧

妹妹從小就是個謎！！

「把拔過來！」

她在 YouTube 上發現什麼有趣的東西，就會要你過來看，馬上！立刻！

我驚訝地發現她看的是《殭屍大災難生存技巧》*，這……連我都沒聽說過啊！她到底是怎麼找到的？

奉命陪她看了一下之後，我開始發急，影片中人物用各種智商掉線的方法打殭屍……這 TM 是直接去送死吧？

身為一個看過《末日之戰》原著，還有另外一本《殭屍交戰守則》*的爸爸，我忍不住吐槽了：「妹妹，這樣不行，因為殭屍會……」

等一下！我在認真什麼？

而且毫不意外地……

我的意見只得到妹妹的白眼！！

 不知道為什麼！？

她的坐姿完全像個女流氓！！

*《殭屍大災難生存技巧》由名為「Troom Troom CN」於 2019 年上傳 YouTube 的自製趣味、惡搞創作影片，擁有近 50 萬的訂閱。

*《殭屍交戰守則》（2015）恐怖搞笑電影，劇情描述 3 位宅男童子軍在遭遇殭屍襲擊時挺身而出，攜手對抗殭屍拯救人類。

＃ 殭屍排行榜

雙寶每天不是吵架就是一起搗亂，我總是忙著阻止他們可能會傷到對方或是自己的各種危險動作⋯⋯

有時候氣不過不想管了：「我不管你們了，我要自己看電影了！」生氣的爸爸。

「你要看什麼傻電影？」

「我們才不要看～」頂嘴的小孩。

我（怒）：「我才沒有要跟你們看，我自己要看《末日之戰》＊！」

哥哥看到 BD 封面上的直昇機和殭屍馬上跑過來：「我要看，我要看！你怎麼知道我要看這個？」

妹妹得意：「我早就知道了！」

這兩個每次都是這種反應：

一個說你怎麼知道他要什麼？（相當狗腿）

一個說她早就知道你會做什麼。（我最厲害）

他們看《末日之戰》一定要跳過第一段，從一家人堵車那裡開始，我：「妹妹，妳最喜歡的殭屍片前 3 名，這部是第幾名？」

妹妹：「第 3 名。」

我：「那第 2 名呢？」

妹妹：「《屍速列車》＊！」

我：「因為兩部都有小妹妹嗎？」

妹妹：「對！」

我：「那第 1 名呢？」

雙寶異口同聲：「生氣王！！」然後一起咯咯大笑。

媽媽剛進門：「什麼是生氣王？」

我：「《屍樂園》＊的伍迪・哈里遜。」

媽媽：「蛤？為什麼？」

因為他總是在生氣，特別是《屍樂園 2》，聽到姊妹之一的小石頭交了個嬉皮男朋友時憤怒大爆發：NOOOOOOOOOOO ～～

雙寶總是笑到東倒西歪，然後開始學他砸東西……

「再一次！」、「把拔再一次！」接下來就是我要一直倒回去他大叫之前……

對了！《屍樂園》也有個妹妹，看來妹妹的殭屍片排名關鍵因素可能是這樣：

1. 要有殭屍。

2. 要有妹妹。

後記

對了，如果有強哥的影迷可以看《屍樂園》第一集，強尼 · 戴普沒有演，但是你可以看到安柏變成殭屍後，被傑西 · 艾森柏格關門夾斷腳、接著又被馬桶水箱蓋 KO……

實在很解氣啊～～～

（據說強尼很有可能回歸《神鬼奇航 6》）

（誰叫妳……還我傑克船長啦！）

＊《末日之戰》（2013）恐怖動作片，由布萊德•彼特飾演一名前聯合國調查員，在許多國家遭受殭屍襲擊，他在抵抗時無意間發現了阻止殭屍病毒蔓延全球的方法。本片曾創下殭屍電影最高票房紀錄。

＊《屍速列車》（2016）災難片，由孔劉、鄭有美主演，是韓國電影史上首部關於喪屍題材的電影，劇情講述一列開往釜山的火車上發現了活屍，一旦被咬也會成為嗜血喪屍，這時車上的乘客該如何自保、攻防……

＊《屍樂園》（2009）恐怖喜劇片，劇情講述世界被殭屍占據，少數倖存者因緣際會湊在一起共同對抗殭屍，其中由伍迪 · 哈里遜飾演的塔拉赫西為擅長獵殺殭屍的狠角色。

有人說想看爸爸畫的禰豆子……這不是來了嗎？
妹妹的拖鞋是禰豆子和炭治郎，哥哥的是巨齒鯊！
左右腳和方向還不可以畫錯，而且又是出門上學前畫
的！！！

禰豆子看 007

妹妹從小就是個謎！！！

她不高興……不說話。

她高興……也可能不說話……（但是會自言自語）

最近，我決定自己看一下買了好久，但是一直沒辦法看的片，將 BD 放進播放器之後，妹妹注意到了，她站在旁邊看了大概一分鐘，下命令了：「暫停！」

「妳要看嗎？」她不說話，走到一邊去。

「妹妹，妳在幹嘛？」她還是不說話。

「我可以看了嗎？」

她依舊不說話，但是用鼻音咆哮表示不行：「唬～～～」

過了一會兒，我等得很不耐煩時，她出現了，穿著她全套的禰豆子 * 裝（有兩個蝴蝶結，加上有亮片的涼鞋）大搖大擺地走過來，一屁股坐在我大腿上，開心地開始看電影……

你只要是個直男，一定想過哪天會有個漂亮妹子坐你大腿上，但絕對不會是這樣！！

對了，看什麼電影呢？

《007 生死交戰》* ！

有史以來最長的《007》電影，全片快 3 個小時……

我到現在還是不懂！？

妹妹！妳為什麼要打扮成禰豆子看《007》啊！？

而且，妳現在長大了好重啊啊啊～～～

後記

臉友反應：「COS 要咬竹棒咬 3 小時，嘴巴好痠！」

嗯～不要低估她的執念！

* 禰豆子，日本奇幻漫畫《鬼滅之刃》（作者吾峠呼世晴）中的女主角，遭殺害後變成鬼，但總是會在最危險的時刻出現保護哥哥炭治郎。禰豆子標記是衛著竹子，也象徵她的巫女性質。竹子或竹葉自古以來被認為是有神明附身的神聖植物。

* 《007 生死交戰》（2021）第 25 部詹姆士‧龐德系列電影，由丹尼爾‧克雷格主演這位大名鼎鼎代號「007」的英國特務，最終為了保護愛人與女兒，選擇自我犧牲。

生氣的儀式

妹妹打扮怪異，眼神凶惡的站在冰箱前，她剛發完脾氣……

不！看來還沒完。

我：「妳穿這樣要去哪裡？」妹妹搖頭。

我：「沒有要去哪？那為什麼穿這樣？」

妹妹：「因為我生氣……」

我：「妳生氣要穿這樣？」

妹妹點頭，指著身上的裝備：「你以後只要看到我穿這個、這個、還有這個（抬起手），就是我生氣！」

我：「妳以後生氣就會戴上西瓜帽、揹上小熊背包、然後手上拿著紅氣球？」

不爽，點頭，然後指了指嘴巴。

我：「還有嘟嘴？」

妹妹：「對！你要記得！」

……

我想想，我 7 歲時，應該沒有能力這麼篤定的表達自己的意見！

而且還制定了一套儀式！？

我有這能力嗎？不！我沒有！

女兒啊～妳要是外星人，就早點告訴把拔吧！？

我反而會比較放心……

因為這個答案比較簡單啊……

後記 她後來生氣有沒有這樣全套打扮呢？

不！沒有，因為來不及……因為她常常生氣！

（2023 年時，這套生氣服又出現了，不過只戴了帽子）

從天而降的問候

我一說到陪小孩睡覺，大家報告的各種慘況，都讓我感到無比的安慰：
「原來所有人都沒少挨揍啊？我也還好嘛！」
人就是這樣容易在幸災樂禍時得到療癒的生物……
但是沒睡覺的時候也很危險，沒想到吧？（有經驗的就知道）
有次我很不舒服，需要躺一下休息，結果平常不理我的妹妹突然覺得
要表達一下對把拔的慰問……
她的方式是，以迅雷不及掩耳的速度衝進房間（床墊是直接放在地板
上的），然後一躍而起跳到我身上……
結果就是一個膝蓋凌空降落暴擊！（這不是應該出現在摔角比賽中？
由巨石強森之類的傢伙使出來的嗎？）
我當下肋骨劇痛，搞不好斷了！？
一口氣都差點沒緩過來，她還跪在我胸口上笑嘻嘻！！
後來她被發現狀況不對的媽咪罵了一頓，告訴她這有多危險，要她跟
把拔道歉……
妹妹相當委屈的一邊掉眼淚，一邊小聲的說：「把拔，對不起……」
然後……又趴在我身上了！
妹妹從來不道歉的，她也不認輸、不認錯……我能怎麼辦呢？
難得她會道歉，我只能眼冒金星的一邊忍著痛、一邊安慰她……
而且，雖然方式相當「獨特」，畢竟不是常常會想到要「照顧」爸爸
啊～～

後記 當時我同時要忍受原來的不舒服，然後還有人給你加料！
好多人來留言自己的各種慘況！
有骨折的、有差點瞎掉的、有顴骨腫十幾天的……
然後最多爸爸的中招部位都是雙腿中間！！
我感覺好多了～～～

貓狗大戰

接雙寶放學的時候，通常都是妹妹先出來，哥哥隔了「多久」才出現……決定了爸爸在校門口的命運，得看妹妹的臉色多久！？

前幾天放學時，妹妹難得很開心（她通常出來時都臭臉），因為有個也來接小孩下課的家長牽著一隻小狗，妹妹目不轉睛地盯著狗狗看：「好可愛喔～」（笑容滿面）

一看妹妹露出笑臉，我馬上巴結地接著問：「好可愛嗎？那妳喜歡貓咪，還是狗狗？」

妹妹馬上沉下臉回答：「貓！」

……

對不起……爸爸句點王。

看來爸爸還是不懂怎麼接妳的話啊！！！

後記

我當時內心深處出現《食神》中唐牛的 OS：「我真是猜不透妳啊～～」*

然後這篇出現一堆貓派來指責我破壞妹妹的好心情，還說我竟然不知道妹妹喜歡貓？

譴責！

不是～我說你各位～

就沒想過妹妹專門喜歡跟我唱反調嗎？

*《食神》（1996）香港喜劇片。周星馳重要的代表作之一。劇中唐牛為了打敗史蒂芬周（周星馳飾演），不惜當臥底。性格驕傲自大，自以為是真正的食神，是少林寺的叛徒，最終被史蒂芬周擊敗後的他顏面無存。唐牛對史蒂芬周說的名言：「我真是猜不透你啊！」

愛畫畫又
兇巴巴的小女孩

妹妹很愛畫畫，可以說是狂熱，放學回家功課不作先畫畫，吃飯的時候也要畫，起床就畫，睡覺前當然也要畫……她目前只差沒有在洗澡的時候畫畫了！！

晚上要睡覺了，進房間關燈躺好之後，又會找理由出去：「我想尿尿！」、「我要喝一下水。」各種怪招……

然後很久沒進來，出去一看，又在畫畫。

最近她乾脆不裝了，直接畫起來不進房間：「等一下！」

「我還沒畫完！」、「不要吵我！」

我拿她沒辦法，只好說：「好，妳畫完趕快進來睡覺！」

妹妹頭也不抬：「嗯……」

這幾天她脾氣不好，火氣很大，我一開口要叫她進來睡覺：「妹妹……」話還沒說完，她馬上咆哮回應：「唬～～」像猛獸一樣，喉嚨音的那種咆哮！！

我：「妳趕快…」

妹妹：「唬～～～」更大聲、更凶，沒看過這麼凶惡的小女孩，而且手還遮住不讓你看，通常我得等到她睡著了，出了房間才能看到她剛剛在畫什麼。

我哭笑不得，因為我小時候也是這樣，整天都在畫。不過，我沒她霸氣，要是我膽敢跟我媽這麼咆哮～

那還不給打到懷疑人生？

而且是跪著懷疑喔！！

後記 有人教我這麼說：「畫筆要休息了，畫筆跟紙不休息會生氣離家出走罷工喔～」
嗯！很棒～不過她才不管。別忘了，妹妹沒有同情心！

#彩色筆終結者

妹妹愛畫畫，畫她喜歡的東西，畫等一會兒要剪下來玩的自製紙娃娃、畫 YouTube 上看到的人和物、畫完就必須馬上玩的迷宮、畫考卷，等一下給全家人考試……

畫畫畫畫畫……

她什麼都畫，而且手勁超大，完全體現了什麼叫力透紙背，紙常常給她畫破了。

因為用量大，一開始只給她 A4 影印紙，一包還可以撐上一陣子，如果是水彩紙，那花費就很恐怖了，我可負擔不起啊～

至於筆呢？色鉛筆、蠟筆、簽字筆、軟頭水彩筆……總之，目前各廠牌有出的彩色筆都給她試試，先 24 色。我不想太早讓她發現還有 48 色和 72 色的……

為什麼？剛剛不是說了？力透紙背啊！她畫畫簡直跟拚命似的，力氣大得像是要雕刻版畫，而且速度飛快。首先～筆很快就沒墨水了，脆弱一點的，筆芯會被折斷，沒斷的會被用到分岔開花，活像剛被祕密警察拷問過一樣，體無完膚……

這筆是來渡劫的吧？我彷彿看到筆的魂魄飄走投胎去了～～

我知道畫畫是種治療方式，想想如果不是會畫畫，我應該早就崩潰在童年的時候了，所以我不會阻止她，讓她自由發展吧！

不過我比較擔心的是，萬一她哪天對街頭塗鴉噴畫藝術產生興趣……真是細思極恐啊～～～

後記

有人說彩色筆對小朋友而言，不是很好的東西，因為她的能力會受限……

還真不用擔心，我就是故意在稍微限制她，因為家中牆壁已經多處遭難，全給她畫滿了。

我都畫完了！

最近因為有個簽繪的活動，所以買了很多簽名板。

買便當回家的時候，看到妹妹正在認真的振筆疾書，她面前擺滿了紙，看來又畫了好多張圖。

等等！這圖畫紙怎麼有點眼熟？

而且有金色的邊邊？⋯⋯

唉呀！

這不是爸爸的簽名板嗎？

「妹妹！妳怎麼有這個？」（慘叫～）

妹妹：「我自己找到的！而且我都畫完了！」（得意）

（嗯！這猝不及防的手速，果然是我的小孩⋯⋯哈哈哈）

靠！幸好是空白的，要是我剛剛畫完的被她拿去塗鴉不就慘了？

（雖然說會變成父女聯手，但那不是這一次的計畫啊～～～）

好了！

看來我得再去美術社補充簽名板了！

後記 還真的有不少人詢問有沒有父女聯手畫的簽名板？

也有很多人想要看妹妹的畫！

好喔！本書中會先放一些，至於聯手的畫⋯⋯

早晚會有啦！妹妹還想出自己的繪本咧！

站在沙發扶手上的
小畫家

妹妹晚上睡覺會溜出臥室，之前說過了，是跑去客廳一個人畫畫，盡興了才願意進來睡覺。

她最近進化了，前幾天，一個晚上用各種理由出去，一共出去了 6 次以上……

你猜猜她在幹嘛？

她是在畫畫沒錯，不過這回是站在客廳的沙發扶手上，用搖桿畫圖……（而且是會搖的那種沙發）

因為她發現《動物森友會》的遊戲裡，可以自己畫圖當壁紙！！！

當我出去問她在幹嘛的時候，只得到一個凶狠的眼神和咆哮：

「唬～～～」

好吧～不打擾妳了，爸爸先去睡了！

 有人說，就讓她盡情發揮吧！
問題是隔天要上學啊～

5 頭鯊？？？

#5 頭鯊

最近的天氣真的很熱，出門回來就汗流浹背，全身濕透到要換衣服那種熱。

但我還是要去買便當（媽媽每天煮飯是很累人的），在熱到快融化時回家一打開門，另一波熱浪又撲面而來⋯⋯

正確的說：是聲浪！

常常又是誰把誰氣哭了！不是哥哥哭，就是妹妹哭，有時候媽媽也哭⋯⋯

只有爸爸就算哭出來應該也沒有人會管我⋯⋯

不然就是誰正在對著誰大吼大叫！（這個嘛～在家的 3 個人都有）

滿身大汗的我，實在有點想放下便當掉頭就走。

但實在擋不住家中冷氣的誘惑～通常還是沒出息的坐下來了。（抱歉！我可不是為了北極熊就不開冷氣的人）

很難得的情況下，回家時發現家中居然一片祥和，每個人都在忙自己的事，通常哥哥會說：「把拔回來了！」然後繼續組樂高，而妹妹是不會搭理我的⋯⋯

就在我坐下來想降溫一下再吃飯時⋯⋯

妹妹來了！手上拿著紙和筆⋯⋯

這只有兩種可能：

1. 她又出了題目，這是試卷，我又要考試啦！

2. 她要我畫東西。

今天是 2。

我狼狽地說：「妹妹！爸爸滿身大汗，可以等一下吃完飯再幫妳畫嗎？」

她堅定地搖搖頭，不行！

又把紙筆塞到我面前⋯⋯

知道沒辦法讓她改變主意的我：「好～妳要畫什麼？」

妹妹：「5 頭鯊 *⋯⋯」

我：「蛤？？？不是安妮亞 * 跟禰豆子嗎？確定？」

妹妹認真點頭。

媽媽一臉問號？「什麼是5頭ㄕㄚ？」媽媽聽不懂，她的語言字彙中沒有這種東西。

疲憊的我：「5個頭的鯊魚……」

媽媽：「蛤？那是什麼東西？你為什麼會知道？」

那是B級片＊裡的鬼東西……

我為什麼會知道？

因為她是我女兒啊……

等等！

妳不是應該說「她為什麼會知道」才對嗎？

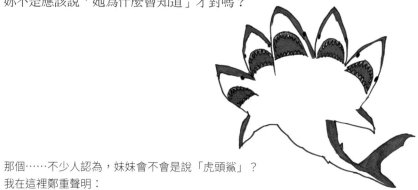

後記 那個……不少人認為，妹妹會不會是說「虎頭鯊」？

我在這裡鄭重聲明：

不是！

不是！

不是！

如果我畫成「虎頭鯊」可是會挨罵的！

這是妹妹上完色之後，貼在門口的5頭鯊……

是可以擋煞嗎？

＊安妮亞是日本漫畫《SPY×FAMILY 間諜家家酒》的女主角之一。能對他人進行讀心的超能力少女。為了就讀伊甸學園謊稱6歲，但實為4、5歲，所以身材較小，特徵為粉髮綠眼及頭上戴著奇特的小巫師帽髮飾。口語表達不佳，也常誤解他人話語之意。

＊「B級片」通常是指低成本製作的電影，拍攝期間短、布景簡陋，卡司也較普通，取材偏恐怖、黑幫，或是情慾等類型，已然形成一種惡趣味的次文化。

＊「5頭鯊」出現在美國災難恐怖片《奪命五頭鯊》（2017），描述有天度假海灘闖入了一隻4頭鯊，在吞食多人後進化成5個頭，最後終被人類消滅。

捷運上的鬼

去夏令營之前，帶妹妹去買鞋，她長得快，鞋子穿不下了。

天氣很熱，問她要不要搭計程車？

「不要，我要搭捷運！」

好吧！我們家附近有 3 個捷運站，差不多都要走 15 到 20 分鐘，不過她從小就喜歡捷運，那就搭吧！

上了車她就很嗨！

簡直把捷運當成了她的表演舞台，在上面唱歌跳舞起來，完全不管別人怎麼看……

「妹妹！不要影響到別人～還有，不要抓著鋼管旋轉！」

旁邊的乘客看起來已經快報警了：這個爸爸是怎麼教小孩的？

但就算管得住她的行動，卻管不了她的嘴……

（我說過妹妹不太有同理心，也不能明白她的言行，別人會有什麼反應……）

她突然安靜下來，盯著一個目標看：那是一個長髮飄逸的女生，站在車廂門口，靠在壓克力隔板上滑著手機……

妹妹轉頭看著我，突然拍打著壓克力隔板，開心的指著那個女生的背影大叫：「把拔你看！鬼！是鬼！」

目瞪口呆的我，實在很想拉著她立刻下車！

「妳亂說什麼？哪裡有鬼？」

妹妹指著人家的背影，理直氣壯地說：「這裡啊！你沒有看到嗎？頭髮這麼長的就是鬼呀！」

行了！拜託妳不要再說了～～

希望那個女生有戴耳機……

因為我實在不知道該怎麼跟她解釋……

後記 首先，那位小姐沒有聽到。（可能！不然就是她假裝沒聽到，我在這跟妳說對不起了！）

妹妹沒有同理心可能是因為自閉症的關係。

我不想一直提，並不表示因為這樣，我們就沒有教她什麼事不能做、什麼話不能說……

不過當時這篇 PO 文有些來留言的人顯然不知道，口氣不太好。

甚至還有人分享這篇，大罵我說什麼名人的小孩就可以這樣？

唉～～

這也是很多自閉兒的家長會遇到的問題，當你的孩子在外面有一些狀況，不明究理的路人總是會覺得：你的孩子怎麼這樣？你為什麼沒有罵他？

甚至會有人說小孩不乖就是要打！實在是令人無言……

希望大家能多一點點的體諒，雖然一般人多半分辨不出來，但家長沒在管的熊孩子，和自閉兒或過動兒童，還是不一樣的。

熊孩子的家長，通常氣定神閑，無視自己小孩造成的困擾和別人的怒視……

過動或自閉兒的家長，則是狼狽焦慮、充滿歉意……

以後知道怎麼分辨了吧！！

妹妹的讀書心得報告

我在畫簽繪版時，常常找不到自己的書確認造型……（是的，這個作者老是碰到這種問題）

於是我問她：「妹妹，把拔是不是有給妳一本書？畫恐龍的那個……」（這是我的書裡面，少數可以給他們的！不過其他的漫畫雙寶也沒興趣）

妹妹：「《恐龍酷酷跳》＊嗎？」

咦？她竟然記得書名？

我：「對！可以借把拔一下嗎？」

妹妹眼睛一亮，蹬蹬蹬跑掉了，過了一陣子才把書拿給我，我以為她去找書了，內心一陣感動……

過了幾天，在檢查作業時，答案出現了！她跑掉的那段時間不是去找書，是去寫作業……

她的作業是讀書心得報告，題目是這麼說的：

「寫出最喜歡的 10 本書，以及書中最喜歡的一句話或是一部分……」

我看著她的作業：「妹妹，妳最喜歡《 恐龍酷酷跳 》裡……暴龍手太短擦不到屁股？」

妹妹得意的點頭，難得露出笑容！！

我實在不知道，老師看到這個報告時是什麼反應……

應該是滿頭問號吧？？？

 後記　很多人不知道有《恐龍酷酷跳》這本書，這很正常，我這作者自己都忘了出過兩集啊！～對了！
妹妹知道作者是我喔！

＊《恐龍酷酷跳》（1998）作者麥人杰，那些年因為電影《侏羅紀公園》、《酷斯拉》在全球造成一股旋風，畫恐龍漫畫絕對是不退流行的方向，所以麥叔叔在報紙上連載的四格漫畫，也是唯一一本四格漫畫作品。圖中就是暴龍大雷，恐龍界的鋼鐵直男，追不到女朋友就會把對方吃掉的笨蛋。

使命必達

媽媽太累了，決定提早去睡覺，剩下我要盯著雙寶寫完功課、刷牙、睡覺……（你不會知道這有多困難）

妹妹寫完之後，就要進房間了……

我大驚：「等一等，妳要幹嘛？媽咪在睡覺，不要去吵她啦！」（而且才 8 點啊？）

妹妹不太能理解同理心這種東西，常常不管別人是什麼狀況。

她瞪著我，眼神凶惡的進房間去了！

我想起不知道她刷牙了沒有？

跑到廚房一看，喔！她已經刷牙了！

什麼時候偷偷刷的啊？（妹妹做很多事都不喜歡有人看到）

我還得盯哥哥寫完功課，索性就不管她了～

第 2 天，我才知道她進房間之後的故事：

妹妹（不停的搖著媽咪）：「馬麻～馬麻～馬麻～馬麻～馬麻……」

（自閉症的特徵之一：一直講個不停，這和平常的小孩講個不停不太一樣，一般的小朋友在你叫他們時，會停下來看你要幹嘛？妹妹不會，必須等她自己想停下來）

媽媽（艱難醒來）：「蛤？……」

妹妹（冷靜嚴肅）：「把拔叫我不要吵醒妳！」

……（哇咧）

好孩子！她忠實地傳達了這個任務！

後記 有人說怎麼有種志村健 * 喜劇的感覺？
說明喜劇的荒謬可能都是真的！
對了！然後哥哥每天都會大叫吵醒我，半夜！

* 志村健（1950-2020）日本喜劇演員，1987 年富士電視播出以他本人為主的節目《志村大爆笑》，獲得極高收視率，在台灣也非常紅，有「怪叔叔」的稱號。

起床氣

妹妹有起床氣，她剛剛起床時最好不要跟她說話……

通常我很識趣的避開，等她自己開口跟我說話。（你主動跟她說話只會得到咆哮回應）

但昨天很冷，她一起來就一溜煙地跑到客廳，一言不發地披上我的外套，蹲在她的椅子上……

我想說，「妹妹，把拔很冷……外套可以還給我嗎？」但這句話我根本沒辦法講完……

我只叫了：「妹妹～」

就聽到她：「唬～～～」

如果你再開口，這個咆哮就會更大聲……

接下來，情緒就可能會失控了……

為了能讓今天不要出現抓狂、沒辦法去學校的大場面……

瑟瑟發抖的老爸就只能乖乖先去弄早餐了……

下回記得，一定不能讓她先出房間……

（對了！這時候哥哥在幹嘛呢？當然是賴床啊！）

後記
為了不要讓不知道前因後果的新臉友，來教我要如何教小孩，我補充解釋一下：
妹妹有輕微的自閉症，情緒比較容易失控！
至於我為什麼不會拿另外一件外套？
容我再說一次：她永遠都搶你正要拿那件！……
然後爸爸就流鼻水了……

我長大你已經死啦！

!!!

你已經死了！

畫著畫著……「雙寶日記」竟然已經從個位數來到了百位數，今天第 100 張了！（撒花）

那麼今天就來說個從個位數到百位數的故事。

我先聲明一下，可能因為自閉症的關係，妹妹沒有同理心，也不太有同情心……所以聽她說話要有點心理準備……

最近妹妹突然開始對未來有很多計畫：

她想開文具店（這樣就有用不完的紙筆……）、

她想拍片（當 YouTuber）、

她想設計服裝……（她很喜歡打扮漂亮）

於是媽媽說：「妳這些計畫，把拔每一樣都可以幫忙！」

（耶～把拔終於有用了！）

我：「把拔可以幫妳拍片、和妳一起開文具店……」

妹妹：「不行啊！我的年紀是個位數！你是兩位數！我長大你已經死啦！」

登楞！！！（爸爸瞬間石化！要不要這麼直接啊～～～）

雖說～出來混，遇著了……但妳也不用這麼直白吧？

我深深吸了一口氣：「好的，我知道，把拔會努力，看能不能到 3 位數……」

妹妹（高音）：「百位數？不可能啊～」

行了！妳不要再說……

（後記）這篇的留言都超有趣，大家可以自己去我的粉絲專頁看看（2023/06/30），各種童言無忌～爸媽啼笑皆非！

但有個臉友陳玟秀的留言很可愛：

「我的自閉寶貝是每逢生日都會用名片卡寫祝福的話給我，上次他拿卡片給我後跟我說，媽那裡面還有 70 幾張可以寫到你去世……」

妹妹生氣時

妹妹最近脾氣不太好，她在一天當中常常晴空萬里、下一秒狂風暴雨，這本來就是她的日常，只是最近頻率高了點。

雖然她有自閉問題，但我們也不會就慣著她，任她無理取鬧。

她發脾氣的時候不能跟她講道理，因為不管你說什麼她都會發怒、大叫，甚至連看她都不行：「不要看我！」、「走開！」

得等這一波過去，於是有時候就不理她，讓她一個人火大。

但這回哥哥脾氣也來了，故意在她視線所及的範圍整理玩具，妹妹更抓狂，一個抓狂的時候，另一個還火上加油，真會讓人崩潰氣結。

好不容易支開了哥哥，讓他去刷牙，哥哥可以講道理，但妹妹不行，所以多數的時候，哥哥是比較辛苦的。

哥哥刷完牙，避開她的視線進房間了，她仍然一個人蜷曲在沙發上繼續發怒，哭，自言自語：「傻瓜！」、「討厭！」、「在幹什麼……」、「到底要什麼時候啦？」

知道她在說什麼嗎？

她在要我理她，她在要個台階下……

她不會認錯，怎麼教都不會，也不會道歉，需要你的時候，她也不會表達，你得自己明白。

我走過去、沒說話，張開雙手，她站起來讓我抱著，仍然氣鼓鼓……

我：「好了，不生氣了，去刷牙，把拔等一下幫妳抓背，好嗎？」

含淚點頭，還是臭臉……

她小時候是不給抱的，除非是為了高高在上看風景，起碼現在好多了。

老實說當時沒有人看她，特別是生氣時更沒有人會看她。不過你只要在她旁邊或是附近～那就是在看她了。

唉～我們家不夠大啊～～

不能抱抱

日本相鐵東急廣告《父親與女兒的相處光景》*，感動了不少人，不管是不是當了父親⋯⋯

這個父親很幸福，至少在女兒開始鬧彆扭和叛逆之前，父親和女兒是有互動的⋯⋯

我很羨慕⋯⋯

妹妹從小就不喜歡人碰她，媽媽除外（但鬧脾氣的時候媽媽也不能碰）。

妹妹難過生氣的時候，我不能抱抱她，除非她願意⋯⋯

高興的時候，我不能親親她，她可能會生氣、大叫⋯⋯

她挨罵或是鬧太過分被媽媽處罰的時候，才會哭著來找爸爸⋯⋯

妹妹：「你們都怪我⋯⋯」

沒有，哥哥和媽媽不是怪妳，他們是氣壞了，因為妳確實很過分⋯⋯

但是她不會認為自己有錯⋯⋯

妹妹一邊哭一邊說：「我每天都希望有美好的一天⋯⋯結果都沒有⋯⋯」

她說的是她今天又生氣了⋯⋯

她說的是我在睡覺前安慰她，鼓勵她明天會是美好的一天，明天會比今天更好，好一點點就好⋯⋯

她很難接受「一天變好一點點就很棒！」這個想法，因為她希望「立刻就變好」！

是的！她完全沒有耐心！除了畫畫。（這一點倒是很像爸爸）

我陪著她一起難過時，還得忍住不要主動去抱她，這讓我有時候會很傷心⋯⋯

「全世界最遙遠的距離，就是我在妳身邊，而妳卻不知道我愛妳。」

雖然不合這句話原來的意思，但在高舉雙手和她保持距離的那時候，我就是會想到這句話。

 後記　很多人都來安慰我，也告訴我這是天生的，沒辦法！
謝謝，這些我都明白都理解，但不表示我不會難過。

*《父親與女兒的相處光景》2023 年日本鐵路為了紀念「相鐵線」和「東急線」通車而拍攝的紀
念廣告，以一鏡到底的方式拍攝父女搭電車的 12 年歲月，女兒逐漸長大，父親卻逐漸老去。

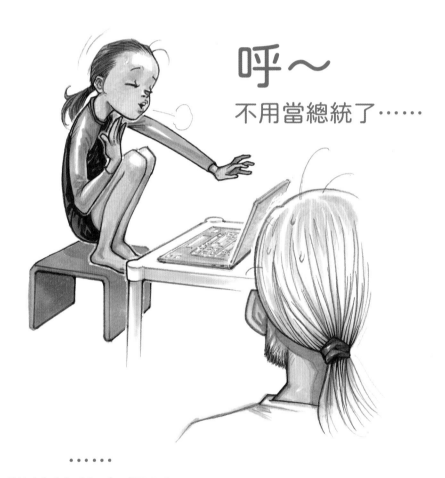

自閉症女總統

2023 年，有許多和總統有關的話題，有本國的、外國的，有前任的、現任的，有好的、壞的……還有一些難以置信的人又想出來選總統……

所以在和媽媽聊天的時候，難免會說到這個話題，有一回我脫口說出：「這種貨色都想選？不要逼我選總統喔！」

結果，雙寶馬上記住了，尤其是妹妹！動不動就在每句話的結尾：「不要逼我選總統喔！不要逼我選總統喔！」

媽媽突然問妹妹：「妳知道當總統要做什麼嗎？妳選上以後，要怎麼當總統？」

妹妹從吵鬧狀態立刻安靜，眉頭也皺了起來，看得出來她正在思考，並且陷入如何當總統的焦慮中……

結果媽媽馬上又接話：「啊～不行！妳年齡不到，還不能選！」

妹妹：「呼～～」她居然鬆了一口氣……

媽媽爆笑：「哈哈哈哈！妳已經在擔心了？妳以為一定選得上嗎？」（媽媽笑出眼淚）

她笑咪咪的點頭表示，確實這麼認為。

我不禁想了一下：

嗯！一個有自閉症的霸道女總統……

肯定很精采啊～～～

後記

30 幾年後……

政敵：「妳爸爸畫過成人漫畫！」

妹妹（冷冷的～）：「關你屁事？你有買嗎？」

如果真有那麼一天，膽敢質疑她的人應該是找死！

然後有臉友表示：「她真的出來選，我投一票！」

「我們活到她 40 歲投她一票！」

「麥麻煩單行本第 3 集副標：我家女兒選總統（我家兒子衝衝衝）！」

「老爸要拿出選舉保證金歐～～～～」

我：「沒有錢！那就群募吧！！」

馬桶掏寶

距離上次畫雙寶已經過一個月了，跨了年，也快到農曆過年了，就放些讓大家看得比較開心的吧……

妹妹表情怪異：「馬麻過來～啊！不是、不是！是把拔！把拔過來！」

妹妹神祕的站在廁所門口，這種選擇性的呼叫肯定有問題……

果然！

馬桶堵塞了！

水都快滿出來了！

我：「怎麼了？」

妹妹：「水沖不掉……」

我一看……這不是濕紙巾嗎？不溶於水的那種！

我：「把拔不是告訴妳，這個不能丟在馬桶裡嗎？妳知道啊！」

妹妹：「對不起！」

她竟然會說對不起？這下麻煩了！「你不要告訴媽咪……」（因為媽咪會抓狂）

為什麼不用工具呢？為了不要讓媽咪發現（夾子在廚房外的陽台），無計可施的我只能直接伸手去撈起濕紙巾……當然是在一些飄浮的便便當中……

我：「好！妳丟了幾張進去？」

妹妹：「兩張……（心虛）不！4張……」

「4張？」我繼續撈。「那怎麼還有？我不會罵妳，到底幾張？」

我手已經伸進排水口去拉濕紙巾了，一直有、一直有……

妹妹（小聲）：「15張……」

不是！妳手上那個空的濕紙巾包是什麼？

妳根本整包全扔進去了啊？

我：「把拔想知道，妳為什麼這麼做？可以告訴我嗎？」

妹妹：「我在看前面這個……」手指著牆壁上，她在磁磚邊緣畫的「作品」……

媽媽在廚房察覺有問題，來到廁所門口（妹妹把門關起來了）：「怎

麼了？發生什麼事？」

父女倆緊張對視，我：「沒事！」

我大聲回答，同時按下馬桶沖水，那些盤旋許久的東西終於沖到下水道了！

妹妹和我一起長長的鬆了口氣……

之後我還示範了可以溶解的衛生紙，又再度說明了一下原理。（這在平常，她才不會聽）

總之，那天晚上妹妹超乖，還一直小聲說對不起……

當然，僅限當晚！

第二天，我的地位自動校正，又回到原點！也就是高過地板的位置！！

後記

有些人會說，讓妹妹自己撈！

也沒錯啦！但是有自閉症問題的她肯求助，而不是自己硬要處理，這已經很不錯了！（我猜她應該已經自己「處理」過了，才會搞成這樣）

有位媽媽說我也太勇敢了，她死都不會幫孩子撈的！

妳以為我想啊？我左看右看，沒有別人，只有看到鏡子裡的自己！

這種好事……捨我其誰呢？

哥哥的幫忙

妹妹大暴氣！！！

氣哭！一路從校門口哭回家……

起因是這樣的：我出門辦事，沒兩下又快到他們的放學時間了，又得急急忙忙趕去接他們……

（拜託～不要來建議我什麼可以訓練他們自己上、下課之類的，有原因的……他們不會乖乖去學校、也不會乖乖回家……很危險！）

今天出了點差錯，我趕不及在平常的時間到校門口（通常提早 10 分鐘），我想說……應該不要緊吧？

多數時候他們也沒有準時出來，遲個 15 分鐘是正常，久一點還會慢個半小時……

結果朋友來訊息了：「你怎麼還沒到？」

（他的小孩和雙寶同一個學校）

蛤？今天居然準時放學？

我隱隱覺得不妙……

我拜託他先幫我看一下雙寶，我在計程車上，再 10 分鐘左右就到了！

訊息又來了，還附了張照片：「眼巴巴地看著家的方向……」馬的～這時候還虧我？

偏偏今天叫到的計程車是個阿公開的，既慢路又不熟，而且還沒在注意聽我講怎麼走，我費了好大勁才忍住沒罵娘！

一靠近學校我就乾脆下車用跑的，繼續坐在車上真會給氣死！！

隔著斑馬線，我就看到老師在妹妹旁邊安撫她，糟糕！她一定很生氣……（我太大意了，沒想到這回她會這麼氣）

跟老師道謝之後，我不斷跟妹妹道歉，告訴她今天種種不順利……

她完全不管，繼續哭……

「嗚～～你太久了……」這和平常的發怒、大吼大叫完全不同，反而讓我更緊張，問她：「為什麼哭個不停？」（我也想不出這時候還能說什麼了……）

「因為我很傷心啊～」

好好好，爸爸已經來了啊～

「我數了 27 個紅綠燈欸！」

蛤？

這我一下真的接不上話了……只好說回家給她吃冰淇淋賠不是，可以嗎？

「嗚～好～」

然後一路繼續哭，回家換衣服、吃冰淇淋……繼續一直嗚嗚嗚到媽媽回家，然後跟媽媽講爸爸今天的可惡行為……

我百思不解，為什麼她會有這種反應？

老婆也覺得奇怪……

終於我想到了！我明白了！

是秩序！

我破壞了秩序。

自閉兒都有自己的規矩和秩序，妹妹今天的反應是因為：「爸爸沒有在該出現的位置上！」

她完全不能接受，就好像小時候她排的玩具車被動到了一樣……

這個反應我完全始料未及，今天又讓她給我上了一課。

對了！回家的路上，因為妹妹一直哭……

狼狽的我問了一下哥哥：「妹妹一直哭，你有沒有安慰她？」

哥哥：「有！我有幫忙！」

幫忙？

哥哥眼神堅定：「我有一直幫她罵你！」

……

兒子～真是謝謝你喔～～～

後記 哥哥因為這句圈粉無數！
然後大家紛紛表示，27 個紅綠燈真的好久！
好的，我其實遲到的時間是 10 分鐘……
然後我如果提早到校門口的時候，他們就一定晚出來！（莫非定律）
就拿今天來說吧！我現在在校門口，已經 5：39 了還不見人影……

＃ 雙馬尾的女總統

之前畫了篇妹妹是〈自閉症女總統〉，結果得到了不少選票！！
還給了許多人活下去的理由（包括我自己！？），說要撐到可以投票
給她，也就是 30 幾年後……
在這裡先謝謝大家的支持了！
先說蛤：我們沒有這種規劃，妹妹也沒有，她最喜歡的是畫畫。
不過，未來誰知道呢？

那篇 PO 文之後，老婆問我：「你怎麼沒說，你爸爸的總統夢？」
對吼！我怎麼沒想到呢？
今天來借妹妹這個題發揮一下：
嚴格來說，應該不是爸爸的總統夢，而是「邪惡奶奶」的總統夢。（這
綽號是我的姊姊們起的，不是我，我沒見過她）

奶奶，簡單說就是白人上流社會的勢利人士（所以姊姊們才會這麼叫
她），她一手培養爸爸進入美國政界，按她的計畫，老爸在國務院之
後，應該是參議員、還是州長、市長之類的，最後就是美國總統了！
可惜人算不如天算，天若容人算，世上無窮漢。
尼克森因為水門事件下台，老爸的老闆是季辛吉＊，中國的「老朋
友」，他們這一派似乎受到影響，於是這個願望轉移到下一代身上了。
爸爸從事外交工作，由於不在美國出生就沒辦法選美國總統，於是大
媽每次要生小孩，都要辛辛苦苦地從世界的某個地方飛回美國，就為
了生個總統侯選人……

只是每次邪惡奶奶應該都失望了～因為都是女的，她那一代人，當年
可沒有女人當總統這種想法……
我在台灣出生，偏偏卻是男的，估計爸爸應該也明白：沒那個命就別
再想了……
於是，之後他種鳥養花，不再問政事了，期間還在聯合國工作了一段
時間好像，由於他會 7 種語言，晚年又自學了兩種語言（這傢伙真的

很天才），其中之一好像是藏文，過世前一年左右還去了西藏爬喜瑪拉雅山，和我的妹妹一起去的（美國的妹妹，不是雙寶這個妹妹），因為當時只有她有空，還沒生小孩！

好，我們現在來假設一下：
如果，妹妹後來當了台灣總統，這是不是就好玩了？
怎麼樣，奶奶？
是不是曾經有什麼吉普賽巫婆看到水晶球顯示：
Metson 家族會出一個總統？
只是妳沒料到會是在台灣吧！
驚不驚喜？
意不意外？
後悔不？
（等等……我怎麼說的跟已經成真了似的？）

不過妹妹有什麼優勢呢？
來看一下……
1. 女性。（男人多半是傻 B，尤其是總統）
2. 混血。（族群融合的典範）
3. 有美感。（看到某些候選人，你一定知道沒有美感是多麼糟糕的一件事，特別是在國際舞台上）
4. 自閉症。（新人類證明，這有加分吧？看看《非常律師》！而且一定比那個我認定是假亞斯柏格的傢伙強上百倍）
最後，最後……
誰不想要一個藍眼睛、雙馬尾的可愛女總統呢？

鄭重介紹：
台灣第三位女總統……
（第二任就先讓給蕭美琴＊吧！）
麥黛黛！！！

啊？有人說那哥哥呢？
哥哥就當副總統吧！買一送一！
兄妹同心！其利斷金！

 妹妹參選時，政敵再度攻擊：「這個總統一定會賣台！她姓麥啊～」
妹妹（冷眼）：「開個價！買得起嗎你？傻Ｂ！」
等等……不會有人當真吧？

＊ 亨利・季辛吉（1923-2023）美國政治人物、外交官、政治學家，在尼克森政府先後擔任國家
安全顧問和國務卿。在水門事件後，仍於福特政府中繼續擔任國務卿，任內主導美國的外交政策。
＊ 蕭美琴，台灣政治人物，民主進步黨籍。現任中華民國副總統（2024）。曾任中華民國駐美代表、
國家安全會議諮詢委員，以及四屆立法委員。

part 4

上學氣

＃開學日

雙寶二年級的開學日！（真是淚上加累啊～），網路上一片家長們喜大普奔、普天同慶的歡呼：終於開學了！耶～

但是我不會上當的，每一天都是挑戰！他們放假有放假的災難，上學有上學的，款式不同而已，但……都是災難！！！

昨天是返校日，雙寶回到學校主要就兩件事：認識新教室、領新課本。不到半天就回家了，一到家，媽媽立刻就發現了：「哥哥，你的課本全濕了！」

他水壺放在書包裡，不知道是沒蓋好蓋子，還是壓根就沒蓋！水把課本全弄濕了……

於是浴室的衣架上掛著他的課本，打開除濕機除濕……

看來他這學期就要用這些乾了之後，皺巴巴的課本上課。

上回妹妹也發生過同樣的狀況，哥哥這只是全濕，妹妹更厲害，全部泡水了，每一頁都黏在一起，不小心就會破掉，我得先把水擠出來，然後一頁一頁用紙巾隔開吸水，然後用吹風機吹乾……（啊！《超人特攻隊》* 有這個場景）接下來把課本掛在衣架上除濕……

這才第一天……

課都還沒上咧！！

雙寶上學第 2 季～就這麼開始了！

後記

臉友回應：「書本放進乾淨的塑膠袋中，不要密封，放進冷凍庫一夜就完全乾了！」

感謝各位生活智慧王～不過我家冰箱沒有空間可以冰這些課本，望周知！

（而且全濕的情況下，會不會直接變成冰塊？好想試試啊！）

* 《超人特攻隊》系列動畫，超級英雄冒險喜劇片，講述一個超級英雄家族，在超級英雄被視為非法後，試圖過著平淡的生活。但在爸爸捲入辛拉登的陰謀後，他們一家被迫採取行動拯救世界。爸爸鮑伯「超能先生」，媽媽荷莉「彈力女超人」，3 個小孩為小倩、小飛和小傑。

陪小孩讀書寫作業之
不可能的任務

最近陪小孩寫功課有感……

這……這 TM 比拍動畫難太多了，完全是不可能的任務啊～～

首先來說妹妹！

妹妹寫功課有幾個特點：快！狠！但是不準……（快＋狠：寫得很用力，所以寫錯了很難擦掉……然後，她的答案常常與問題無關）

比如，數學題目沒看完，甚至完全沒看……不管你問題是什麼？姑娘我見到數字就寫答案，我命由我不由天，是加或是減？我決定就好。這完全就是看到影子就扣扳機的反應，她要是去 MIB 考試，不會只有半夜拿著量子力學的小蒂芬妮中彈 *……所有的紙片靶人應該會全滅吧？（請自己去看《MIB 星際戰警》1）

再來是她寫功課不給看，然後問我：「把拔！這是什麼意思？」……

「我看一下……」

妹妹（大怒）：「不行！」

喂！……我沒看到題目，怎麼會知道啊？

然後寫錯了要改，她又不高興，妳不高興？老子氣到都快變身成綠巨人 * 了！啊啊啊～～～

總之，你家小孩要是肯自動自發作功課不勞你費心，閣下前世肯定有修橋鋪路，或者敲穿了幾十個木魚才能有這福報吧！？

請受我一拜！

對了，阿湯哥的《不可能的任務》* 一直出個不停，他一直忙著拯救世界，我突然知道是為什麼了……

你只是不想陪小孩作功課，對吧！？

後記 由於有人詢問：是否現在的小孩寫作業用的還是鉛筆？
是的！並沒有出現什麼科幻道具，而且，因為妹妹都不肯用墊板，所以才會寫破紙啊！

* 《MIB 星際戰警》（1997）美國科幻動作喜劇片，由同名漫畫改編，兩名 MIB 探員分別由由湯米 · 李 · 瓊斯和威爾 · 史密斯飾演，「手捧量子物理學的蒂芬妮中彈」是劇中一段經典橋段。
* 《綠巨人浩克》（2003）科幻動作片，由漫威娛樂製作，李安執導，劇中主角感到憤怒時就會變身成凶殘且暴力的綠色巨人「浩克」。
* 《不可能的任務》是根據電視影集《虎膽妙算》改編而成的動作間諜片系列，第一部在 1996 年上映，由湯姆 · 克魯斯飾演情報局特工伊森 · 韓特，某次任務失敗後被誣陷為叛徒，為了證明清白他巧妙地以計中計除掉了幕後黑手。本系列至 2023 年已完成 7 部續集。

陪小孩讀書寫作業
就可以拯救世界

陪哥哥寫功課，難度比妹妹大了不知道多少倍……

妹妹有自閉問題，但是文字和數字她有興趣，已經可以自己閱讀了。

哥哥過動，注意力不能集中，別說文字，到現在注音符號仍然記不得（或許該說拒絕記得），他討厭作功課，因為看不懂問題，所以很有挫折感，而挫折感就更讓他討厭作功課……這是一個無解的循環！

他並不笨，玩的時候花招百出，可以同時做好幾件事，但是一坐到作業前面，5 至 15 秒內就開始眼神渙散，玩了起來……

你不管他，讓他自己寫？放心，他可以一直玩到睡覺。

狀況到什麼程度呢？「70 加 1 等於多少？」哥哥（沉思）：「嗯……58！」然後超自信！

「這個問題是什麼？」

哥的回答通常有 3 種：

1. 不知道，2. 看不懂，3. 沒學過。

明明就有教過啊啊啊啊啊啊啊啊啊～～～

我氣到都快直接變身成惡靈戰警＊了！（看到沒？我氣到冒火了）

在無數次兩人都暴氣之後，他最近有新招：直接抱著膝蓋不說話，不然就直接進房間躺平裝死……

（放心，他昨天為了看他喜歡的節目，很快把功課作完了，但戰鬥仍然會繼續）

《間諜家家酒》當中的王牌間諜「黃昏」，最大的挑戰是當安妮亞的爸爸＊…（照顧女兒）

《007 生死交戰》當中，詹姆斯・龐德才帶幾天小孩就領便當了……（還是女兒）

我同時要對付：兒子（過動）、女兒（自閉）。

……怎麼？

難不成我比這兩個傢伙強？

有沒有人需要我拯救世界？快！快給我任務啊啊啊～～

後記　我悟出了一個道理，特工為什麼可以搞定壞人？但是卻搞不定小孩？
簡單！因為壞人可以打、可以殺！小孩不可以啊～～～

*《惡靈戰警》（2007）美國超級英雄電影，改編自漫威同名漫畫，由尼可拉斯・凱吉飾演為了
拯救父親而將自己的靈魂出賣給惡魔的機車特技演員，全身燃燒著地獄之火的他，必須學會將體
內的邪惡力量轉化成懲惡除奸的助力。
*《SPY×FAMILY 間諜家家酒》是由遠藤達哉於 2019 年在開始日本連載的漫畫作品，故事發生
在由王牌間諜黃昏、約兒和安妮亞三人互相隱瞞真實身分而組成的臨時家庭，彼此之間因為謊言
而引發的種種誤會與搞笑劇情。

陪小孩讀書寫作業
容易折壽

之前說了陪妹妹和哥哥寫作業的慘況，不知道沒有人注意到……
我是分開來說的，事實上，他們倆是沒辦法分開寫作業的……
蛤？為什麼？
馬的！因為家裡不夠大啊！

這兩個一起寫作業會怎樣呢？
（你回頭去看前兩則，想像他們同時發生）
怎麼說？差不多像金剛＊對哥吉拉……
不！應該是哥吉拉對基多拉＊！城市在他們的腳下被踩躪的體無完
膚，是的，我就是那座倒楣的城市。
你有沒有同時接聽兩支不同手機的經驗？
下回試試：在同一時間、同時回答兩個不同的人問你的問題，而且對
方都很急，都不肯等！
這就是我陪雙寶寫作業的狀況，你試試，5 分鐘不崩潰我服了你。
這兩隻從小打到大，互不相讓，只有一個時候例外：一起整爸爸的時
候。
他們會鬥嘴爭吵，但是妹妹會在某個時刻開啟她的絕對領域，開始她
笑點低的說些我聽不懂的笑話，然後自己笑得東倒西歪，接著哥哥也
咯咯大笑，火上加油的回應一些我還是聽不懂的話，妹妹笑得更厲
害，哥哥受到鼓勵，就更用力搞笑，而且看到爸爸氣炸，只會讓他們
更歡樂……
這個恐怖的爆笑迴圈，可以一直重複個不停……

當然，過程中，一個字也不會寫……
所以每回看到有人陪「一個」小孩寫作業就崩潰……我心中總是偷偷
的斜眼蔑視對方，並且情不自禁地稱讚自己了不起！
其實我不會太在意他們的成績，開心就好，但是當老師很認真想幫助
他們的時候，你總不好意思連寫一下作業都不肯吧？

對了，今天是他們生日（2022/05/15），也還在自主防疫的情況下，作業……就先算了吧！

有人說：「多年後，小孩大了求學遠去，當 FB 跳出這段回憶，你應該還是很高興有把這段生活記錄下來……」
這本來就是就是要畫給他們看的啊！～

*《金剛》（2005）美國冒險奇幻片，由彼得 · 傑克遜執導，故事講述電影團隊至荒島拍攝的一連串冒險經歷，劇中金剛帶女主角爬上帝國大廈看日出的畫面，至今仍是影史經典。
*「基多拉」來自宇宙，是《哥吉拉》系列電影中的超級反派，形似巨龍，三頭、兩尾，配有一對巨大的翅膀。

再怎麼生氣都不該打小孩

學期結束的最後一天只上半天課，回家之後，雙寶就不停的鬧、吵架……

接著就是我暴氣、罵人、他們爆哭……

（是的，我是會生氣的，知道了吧？）

由於他們一點也不怕我，所以不會同時哭……

還有，這兩個傢伙哭是因為委屈，因為覺得自己一點錯也沒有……

才半天，我就已經感覺到封神枒在召喚我了……

這暑假真的要怎麼過啊？

一拳超人＊說：「我變禿了，也變強了！」

（我是不是該剃光頭看看會不會變強？）

雙寶長大了，搗蛋能力當然也更厲害了！

經濟學有一個理論叫「邊際效用遞減法則」，用在這裡也是：你第一次發火，小孩可能會嚇一跳，後來就……

習慣了！

他們小時候，如果做出相當危險的行為，可能會傷害到自己或是另一個，我會打屁股！（當然沒什麼用～因為有尿布當護盾啊！）

當他們會說人話了，就不會打屁股了，特別是在確認他們有各自的問題之後，更是不會。

我不打小孩！

因為我從小就是被打到大的。

小時候在家裡媽媽打，到了學校老師打……

什麼巴掌、藤條、木板全都領教過……

你知道嗎？到了高中還是這樣，而且越大打得越慘……

當年身為一個學生，你是毫無尊嚴可言的……

所以我非常討厭老師、痛恨學校，一心只想離開這種無法逃離的地獄……

再怎麼生氣都不會打小孩！

我確信，這樣的教訓方式只有教會你恐懼和痛恨，所以我很早就決定：
「以後有小孩，我不要用這種方式教導他們。」
事實上這也不是教導，只是充滿挫折感的大人把自己的失敗和情緒發
洩在小孩身上罷了⋯⋯
我不是個多高明的爸爸，這也不行、那也不會，許多事都亂七八糟、
東倒西歪⋯⋯
常常被他們氣到快往生⋯⋯
我只希望我可以讓他們開心快樂的長大，不用感受我所感受過的恐
懼⋯⋯
現在他們在哭完、鬧完之後，知道自己不對，會來告訴我：「把拔，
對不起！我剛才亂發脾氣⋯⋯」
「唉～」我嘆了一口氣，正要發表一些感性的話語時⋯⋯
這兩個傢伙一看把拔不生氣了（並沒有，他們自己決定我氣消了），
馬上又開始下一輪的搗蛋和吵架了⋯⋯

我是不是應該說：「注意看！這個男人太狠了！他寧可自己氣得半死也不打小
孩⋯⋯」
看到很多說從小就挨打的朋友留言，我更加覺得這是非常糟糕的教育方式，而
且是自以為是在教育、其實是在虐待小孩的方式，不是每個人都可以走出這樣
的成長陰影的。
還有，千萬不要覺得，「自己現在之所以有成就或者有作為，都是因為從小挨
打得夠多才能有今天！」
拜託別再讓這種有毒的想法繼續存在下去了！

* 《一拳超人》是日本漫畫家 ONE 在 2009 年開始在網路連載的超級英雄動作漫畫。該作品影視
化後成為動畫、電影以及手遊，劇情講述從小想成為英雄的埼玉不斷訓練自己成為最強英雄，打
擊暴力、怪物以保護地球。

妹妹第一次服裝設計

在防疫假之前的某一天：我去接雙寶放學，妹妹拖了很久才由老師牽著她走出來。

老師明顯有點緊張不自在（隔著口罩都能感覺到）。

老師：「那個……麥把拔，我先說她沒事，不過她在上課的時候，（我已經神經緊繃了～她不會是揍了誰吧？）這是她自己用剪刀剪的……」蛤？剪刀？剪了什麼啊？

老師看向妹妹的褲子，這時我才發現，她的褲子開了至少十幾個洞，洞還剪得挺自然，好像一開始就在那裡似的，所以我第一時間沒有發現。

我知道這個女兒會有一些特別的行為，所以還反過來安慰了一下老師，表示我明白，沒事。老師鬆了口氣，趕緊落荒而逃。我想她一定擔心我以為妹妹在學校被人欺負，而老師沒有盡到保護的責任……（後來這位老師就退休了！！與妹妹無關喔）

回家路上，我問妹妹怎麼回事？

她照例臭臉不理我，然後嫌煩，叫我不要問了，而且還警告我不可以告訴媽媽！

好吧！但是，為了怕媽媽回來發現抓狂，我只好忍到晚上，故意在她畫畫時不經意的提到褲子事件（她畫畫時心情比較好）。

我：「我都沒有罵妳對不對？把拔只是好奇，而且媽媽回來一定會問啊！我要怎麼告訴她？為什麼妳要把褲子剪一個洞、一個洞？妳要給我個理由啊～妳上課無聊嗎？還是妳討厭這件褲子？」

她一邊畫畫，一邊頭也不抬的回答我：「因為我沒有這種褲子呀！」還講得理所當然！？

我：「是破一個洞、一個洞的那種褲子嗎？」

妹妹：「嗯～」（漫不經心）

我：「那妳幹嘛剪？妳可以叫把拔買給妳啊～」

妹妹（怒）：「唉呦～你很煩欸！」

好吧！妳還沒到青春期，我就成為煩人的老爸了～

後記　為了不讓媽媽有抓狂的反應，媽媽回家一進門，我就對她說：「妳先冷靜……」
媽媽後來偷偷告訴我：「其實剪得蠻好看的！」
妹妹那件褲子沒有修補或是扔掉，已收藏。望周知。

我把拔什麼都不會

我不只不會幫妹妹綁辮子，事實上我除了畫畫，很多事我都不會，這和一般的萬能爸爸印象是很不一樣，所以有了以下這一段。

有一回我去接雙寶下課，在圍牆外聽到妹妹和小朋友的對話……
妹妹問同學：「你媽媽會開車嗎？」
同學：「不會。」
妹妹：「我媽媽會，你媽媽會煮飯嗎？」
同學：「不會。」（同學囧）
妹妹：「我媽媽會，你媽媽會組裝傢具嗎？」
同學：「不會……」（已經開始有點狼狽了）
妹妹：「我媽媽會，你媽媽會……」
同學：「那妳爸爸呢？」（一直被輾壓，生氣反擊了）
妹妹毫不猶豫：「我把拔什麼都不會！」（而且還毫無愧色）
我看到那個小朋友聽了整個呆住，完全反應不過來，直接當機！
他一定沒想到他的反擊會得到這樣的答案……

女兒啊～妳為什麼可以說得這麼理直氣壯啊？
妳忘了？把拔起碼每天都有幫妳畫圖啊～～～

 後記 我就是從這一天開始知道，原來在妹妹眼中，把拔簡直就是《銀魂》* 中的無用男啊～

* 日本漫畫作品《銀魂》（作者空知英秋），以獨特的惡搞風格與不時穿插人情感為賣點，深受廣大讀者的喜愛，2017 年改拍成真人版電影。

不要重複別人說的話

韓劇《非常律師禹英禑》* 女主角從小不說話，但其實是個過目不忘的天才，她的「非常」是因為她有自閉症。

大學畢業，她居然成了律師，第一天上班時，爸爸交代她的注意事項之一是：不要學人說話，不要重複別人說的話。（自閉症的特徵之一：會反覆的學著別人說話）

這讓我想到妹妹剛剛上幼稚園的時候，有一天，老師告訴我們一件事……

因為剛開學，大家要上台介紹自己，還有暑假期間和爸爸、媽媽都做了什麼？去哪裡玩？

輪到妹妹了，她高高興興地上了台，但是一開口不久，大家就傻眼了，因為她說的內容和上一個小朋友一模一樣……（除了自己的名字）

「講完了，謝謝！」

她又高高興興地下了台，笑咪咪地回到座位上，然後切換成她的正常表情，也就是沒有表情，無視於全班同學的傻眼反應。

（別擔心，她現在有很多表情了，不過要她高興才有）

醫生提過，我知道她不明白抽象的概念，回家後，我試著和她解釋：

「妹妹，妳要說的是自己和爸爸、媽媽做了什麼，不是重複別人說過的……」

她看了我一眼，反應差不多可以這麼形容：你們要我上台，我上啦！要我說些什麼，我也說啦！這樣還有什麼問題？

我苦笑，心想班上的小朋友不知道有沒有聽到懷疑人生？

「她為什麼要重複我說過的話？」

「我到底聽了什麼？」

「哪個人說的是真的？」

不知道為什麼⋯⋯我突然想起《阿達一族》*的星期三（跟妹妹真的超像的），她露出笑容的時候，全部的人不是很不安，就是被嚇哭了⋯⋯

這麼說雖然不太像話⋯⋯

但我也是個非常爸爸⋯⋯

我真的很想看看那時候全班的反應⋯⋯

「好可惜不在現場啊～～～」

後記 看著劇中的父女（是指《非常律師禹英禑》），我難免也會想：妹妹長大會做什麼呢？什麼工作適合她呢？

*《非常律師禹英禑》（2022）韓國電視劇，由朴恩斌主演，劇情生動描述自閉症律師的成長故事，使社會大眾更理解自閉症族群的世界。
*《阿達一族》（1938-1988）美國《紐約客》連載漫畫，後改編成影視作品。1964年的電視系列節目中，阿達一族的家庭成員們才被命名；1991年發展為黑色幽默電影上映，描述陰森房子裡住著擁有詭異特質的一家人，其中女兒名為星期三，個性陰暗，總是拿弟弟作各種殺人實驗。

老是有人說想看雙寶～這不是來了嗎？
雙寶祝大家萬聖節快樂！
（哥哥跳到褲子都掉下來了，用南瓜遮一下）

哥哥考 39 分

哥哥因為注意力不集中，所以唸書寫功課和考試對他來說都很不容易⋯⋯
（在此也感謝各位老師的耐心教導）

有一次接他下課（他們現在常常不同時間下課，一天要接兩次）⋯⋯
回家路上，父子兩人的對話是這樣的～
我：「今天有考試？你考的怎麼樣？」爸爸問的很小心。
哥哥：「我考 39 分！」
回答毫不猶豫！理直氣壯！
我：「啊？那不是不及格？」我心想該怎麼安慰他時。
哥哥（中氣十足的）：「沒關係！只要你再努力就可以了！」

咦？完全沒有任何陰霾啊？～

慢著⋯⋯
你給我等一下！
這不應該是我的台詞嗎？

後記 好多人覺得哥哥滿滿的正能量，而且為了安慰我，紛紛出示自家小孩的糟糕成績⋯⋯
真是謝謝你們了！
其實大家不必擔心！
老師和媽媽才是真正緊張擔心的人！！
對了！哥哥最近竟然考了 100 分！真是奇葩！！
不！奇蹟啊～～
（不過我合理懷疑是老師故意放水⋯⋯）
這個爸爸真是不應該啊～～

暑假作業

暑假作業絕對是親子關係的殺手！沒有之一！

這個暑假，每天最痛苦的就是陪雙寶寫作業，正確來說是陪哥哥，為什麼？

因為妹妹通常直接無視作業，不寫，而且毫無愧色。

哥哥的注意力完全不能集中，而且可能有閱讀困難，他到現在注音符號還是不認得，寫完一行，問他這個字是什麼？他一律說不知道，這已經讓人很頭痛了，偏偏妹妹還會在旁邊搗亂……

她如果不管我們，自己在那畫圖也就算了，問題是她畫畫還自帶音效，一邊畫一邊自言自語地演了起來，而且還一人飾多角，在椅子上跳上、跳下……哥哥怎麼可能不受影響？（對了，我問哥哥這個字是什麼？她還會在對面插嘴回答）

對付這兩個，我從軟磨硬泡到大吼大叫已經是固定的 SOP 了，最後一定是我抓狂大爆發叫妹妹：「妳自己去房間玩！去去去去去！」

哥哥會抗議：「為什麼她可以去玩不用寫？」

這個問題實在很難回答……

我：「她認得字，你不認得，如果你認得不寫，把拔也不會管你。」

我不會完全配合台灣的教育方式。

「沒有人喜歡寫作業，我也不喜歡，重點不是作業，把拔希望你認識這些字，以後很多東西都需要用到，你想看書、上網、玩遊戲都會用到，是不是？」

哥哥通常含淚憤怒嘟囔：「我討厭功課！」

是的，我比你更討厭！

我每天都在瀕臨崩潰的邊緣……

這個暑假再不結束……

我已經打算召喚邪神克蘇魯＊了！！

 畫面中的妹妹，正在把畫完角色剪下來玩！
我的怒吼，完全影響不了她，因為我吼的是哥哥⋯⋯
現在知道我為什麼沒空畫圖了吧？

*《克蘇魯神話》作者兼創造者為洛夫克拉夫特，假設你腳邊有一只螞蟻在爬，你不會在意它，
因為它太渺小了，是死還是活，對你來說沒有影響。在「克蘇魯神話」中描述的遠古邪神眼中，
人類就是那只螞蟻。之後，才演化成由眾多作者所共同創作出來的幻想虛擬產物。

哥哥居家線上學習

因為疫情停課，小孩只能在家線上上課，我想每個家長和老師應該多少都有不同的苦頭可以吃。
當然小朋友這邊是負責出狀況的！
（咦？這不是喜劇的組合元素嗎？）

哥哥本來就過動，上課很難集中精神的，多數時間都在摸魚神遊，但他一聽到會的問題就搶答（老師問的是別的同學），遇到不會的就裝死，想搞怪的時候就屏蔽……（奇怪的是，沒人教他怎麼用這些軟體）
老師其實看到他按舉手發問就頭痛，因為不知道他會說出什麼來……
拿最近一次來說吧！
剛剛開始上課，他就發問了。老師問，有什麼問題？
哥哥：「老師，什麼時候下課？」
同學爆笑、老師三條線……
有趣的是他不是在搞笑，他是認真的！！！

後記　哥哥說出了所有小朋友都不敢說的話！
真是勇者啊～

妹妹居家線上學習

因為疫情，妹妹在家視訊上課，一上線就會有很多同學叫她，大聲的跟她打招呼，看得出來有些同學很喜歡她，但她就是沒反應，面無表情、完全無視。

和哥哥不同，妹妹可以好好坐下來上課，而且從頭到尾都很乖，那是看起來，事實上，她根本就沒在聽，就是安安靜靜地一直畫畫，畫個不停……

為什麼沒人發現呢？因為她自始至終都面無表情。

問她上課為什麼都沒在聽？她答非所問：「把拔，我上課都在畫圖，老師都沒有發現！（得意）呵呵！」

我：「哇？那妳好厲害，把拔小時候上課畫畫都被老師抓到欸，妳可以繼續不要被老師發現嗎？」

妹妹點頭，露出安妮亞的招牌笑容。

唉～學生上課頑皮和完全無視老師，哪一個比較糟糕呢？

我只是不希望老師受到打擊而已……

後記 視訊上課，她自己居然會把人物和背景分開，我可沒有教她！
（而且我也不會）

唱國歌

妹妹：「把拔，什麼是校慶？」

我：「校慶就是學校的生日！」

哥哥：「把拔，那什麼是國歌？」

我：「國歌就是一個國家的主題曲！」

兩人：「喔！」、「懂了！」

（這是一個不正經老爸的無責任回答，大家不必太在意）

上週雙寶校慶運動會，身為家長當然要到場捧場，由於還沒輪到他們表演，我站得腳很痠了，於是坐在一匹近期已經很少見到的水泥馬上滑手機，等待他們上場⋯⋯

期間不斷聽到司儀努力的介紹每個年級和班級，還有前來祝賀的貴賓校友，跟著是唱校歌⋯⋯

然後突然，一個很久沒聽到的句子出現在擴音喇叭中⋯⋯

「唱～國～歌⋯⋯」

害我差點沒有從馬背上摔下來！

怎麼現在還有這個嗎？

啊！對不起～

我太土了，是戲院取消在演出前唱國歌，其他地方好像沒有！？

我當然也下馬蕭立了，心裡一直想著：「有沒有什麼國家改版更新他們的國歌呢？」

然後國歌從頭到尾，我就一直想著這個問題⋯⋯誰叫我說這是國家的主題曲呢？

（這跟愛不愛國沒關係，純粹是好奇想到而已，望周知）

後記 不騙你，我是真的大吃一驚！而且我有下馬脫帽致敬喔！
有人說，國歌可以換成《星際大戰》主題曲⋯⋯
我太嗨了！如果真這樣，我覺得這個國家會瞬間戰力破錶！

走開啦！

妹妹的情緒起伏很劇烈，常常是一言不合就發飆……

不！應該說是：一「字」不合……

怎麼說呢？

她無法好好和你對話，有時候我才一開口……她就大叫，或是我想回答她剛剛說的話……而她卻大怒說我打斷她，害她忘記要說什麼了～接下來可能是發飆，或是生氣大哭。

（情況可能不盡相同，但家有自閉兒的爸媽應該知道我在說什麼……）

通常早上起來就開始，一路生氣到學校，倒楣的通常就是我和哥哥……

嚴重一點時，同學也會莫名其妙被波及。

前幾天她又大生氣，到校門口紅燈等待過馬路時，班上同學過來和她打招呼，結果妹妹大叫：「走開啦～笨蛋！」

我當場傻眼！

可憐的小女生都嚇呆了，旁邊的家長們也表情怪異，八成是認為我這個爸爸怎麼這樣縱容小孩？

我彎下身跟小女生道歉，告訴她妹妹不太能控制她的情緒……

這種狀況從很小就有了，如果為難或是驚嚇到別人，不管對方是大人或是小孩，我們都會向對方道歉，也為了讓她知道這樣不對。

如果嚴重一點……雖然不想，我們也只能告訴對方：「很對不起，她有自閉症……」幸好多數人都可以理解。

為什麼呢？似乎現在有不少這樣的孩子，每個班級至少都有一、兩個，而辛苦的家長在孩子發脾氣或是犯錯時，除了阻止和糾正小孩，同時還要顧及別人和小孩的感受，實在很不容易。

我不是兒童心理專家，但也知道責罵沒有用，只會更糟，而且有些人罵小孩根本就是罵給其他人看的，那樣對小朋友一點幫助也沒有……

後來呢？

發完脾氣，她就站在校門口，不進去，也不讓我離開，一把鼻涕、一把眼淚的僵持在那兒，直到校門都關上了⋯⋯

我知道她不會道歉，我慢慢靠近⋯⋯像什麼動物醫生接近野生動物一樣。（什麼形容詞啊？～不過畫面就是那樣）

對了！很像是《毀滅大作戰》＊裡的巨石強森慢慢靠近發飆的大猩猩喬治⋯⋯

我用力抱了抱她（注意，不可以隨便亂抱），她滿意的進學校了，門口的老師們（剛剛也都挨罵了），都鬆了一口氣⋯⋯

大家互看一眼，危機解除，皆大歡喜，喜大普奔⋯⋯

後記　其實～當時的狀況很像喜劇電影⋯⋯
哈哈哈！

＊《毀滅大作戰》（2018）動作冒險片，片中巨石強森飾演前美國陸軍特種部隊兼動物學家，不放棄救治受到病原體感染而不斷增加野性的大猩猩喬治，最終恢復理性的喬治協助解決了變種生物的攻擊。

我不知道要怎麼說…

這張圖早就畫好了（2022），但因為種種考慮，一直沒有 PO……
不過既然已說了妹妹，那就來說一下哥哥吧！

妹妹的自閉和哥哥的過動其實從小就很明顯，但是當時年紀太小了，
無法有效診斷，一直到他們上了幼稚園，有經驗的老師一看他倆的反
應，差不多就可以確認了……

所以上學沒幾天，爸爸、媽媽就被請去學校談話了，因為他們嚴重影
響班上其他同學上課……

（那些說「等上學了就好了」的傢伙，給我去面壁！）

接下來就是看兒童心理醫生，幸好，兩個都不是那種嚴重到生活不能
自理的，醫生建議吃藥，我們當時是有疑慮的，因為聽了不少吃藥副
作用的結果……（我們也不是傻子，自己能判斷這些訊息）醫生能理
解說，現在已經進步很多，許多我們顧慮的狀況都已經沒有或是緩解
了，可以放心。

但我因為自己從小到大看醫生的不好經驗……（抱歉！我遇到過許多
非常沒有同理心和同情心的糟糕醫生……）

所以，實在不怎麼能相信醫生說的……

心中一定會這樣懷疑：「你又沒吃過這些藥，你怎麼知道沒問題？」
我不能拿小孩開玩笑，於是和太太決定再等等，看看情況會不會好
轉，是藥三分毒，能不吃就不要吃。（這個決定不適用每一個人，也
不一定是正確的選擇）

幼稚園和小學一年級，都是在這種一團混亂的狀況下度過……

到了二年級，他的上課狀況實在很不理想，在家或是學校，都會無故
失控暴走，對同學甚至老師大吼大叫（當然有時候是因為和妹妹吵
架），去年 10 月左右，他在家大發脾氣的次數增加了……

除了暴怒，還會摔東西，自己用頭撞牆……媽媽氣壞了，質問他為什
麼這樣？（還有東西反彈，打到妹妹了……）

他知道自己不對，但是又正在氣頭上，媽媽的問題他答不上來，開始
一邊大哭一邊嚷著什麼……

我發現他好像卡住了，反覆說著同一句話，大意是他沒有如何如何……媽媽為什麼誤會他？

我們說好了，家裡兩個大人，一個生氣的時候，另外一個一定要冷靜，於是我接手安撫他……

「哥哥，你是不是不知道要怎麼說？」

他大哭，抱著我點頭，身體不再防衛緊繃了……

「下次你如果不知道怎麼說，你可以做個暫停手勢，讓爸爸、媽媽知道你卡住了，先暫時讓你想一下再說，好嗎？」

他同意了……眼淚、鼻涕糊了我一臉……這終於讓他笑了出來。

我當然知道，下次他脾氣來的時候才不會記得這些，所以就是看醫生，開始吃醫生開的處方藥了。

幸好效果不錯，目前也沒有什麼副作用，他終於可以好好上課了……

當然，他現在偶爾還是會在學校對老師、同學發脾氣，但是很快就能平靜下來，也會去向同學道歉（那個……妹妹還是不會道歉），還有謝謝老師……

週末、週日，我們就讓他休息一下，不吃藥了。

於是每個禮拜的這兩天……

爸爸、媽媽就會回想起「人類被過動暴走小孩支配」的恐懼……（給看不懂的人：這是《進擊的巨人》梗）

後記
抱歉我漏說了一樣，副作用還是有的：食慾會比較差！
所以週六、日的時候，哥哥就會恢復成暴走又暴食的迅猛龍～
許多人一聽說我們家雙胞胎是一男一女，通常都會表示羨慕：「是龍鳳胎？中大獎啊！」是的，不過大獎有時候也是有代價的，不用太羨慕了蛤～

提溫示警
每個孩子都不同，我們只能努力用自己的方式幫助他們，他們也一直有進步，有同樣困擾的歡迎留言吐吐苦水，但不知道狀況的人千萬不要來指導我……
未經他人苦，莫勸他人善。
謝謝！

哥哥的藥神祕消失

上週中午時老師告訴我，哥哥在班上發脾氣、鬧情緒……

老師：「他先對同學講話不禮貌，現在自己站在走廊，不肯裝飯，也說不要吃飯。」

我猜哥哥脾氣一來又亂罵人了，麻煩老師告訴他，爸爸請他要吃飯之後吃藥……

老師：「午餐桶都已被回收人員收走了！」這……

我：「老師他今天有社團活動，沒吃東西脾氣可能更壞……我方不方便拿個麵包和飲料放在警衛室？等他狀況好一點再讓他去拿？」

而且他要吃藥，空腹吃不好，所以我送了麵包和飲料過去。

我到學校時哥哥已經冷靜下來了，我請他必須跟同學道歉，還有要謝謝老師……

從這天開始，他中午的藥就不見了，我常常接到老師的訊息，就得放下手上的工作，送藥過去……

一開始我沒多想，大概就是他不小心掉了吧？

結果第 2 天又是……

老師：「他今天又說他的藥盒是空的。」

我：「蛤？昨天明明放了啊？會不會掉在書包？」

老師也幫忙找了……沒有就是沒有……只剩下藥盒。

我們想會不會是盒子太鬆，藥掉出來了？

於是媽媽換了個新藥盒。

第 3 天……

我：「老師打擾了，他今天換了個藥盒，不知道是不是沒問題了？他吃藥了嗎？」

老師：「藥盒是放在哪裡？他現在在翻書包……」

不是吧？又來？

老師：「他找不到，而且他說沒有人動他的書包。我剛剛有幫他找過，也找過他原教室的抽屜裡，都沒有！」

這回直接連藥盒都不見了？？？

我：「連盒子都不見了嗎？我再拿過來吧！我到了之後請他帶書包來門口，我找看看……」

老師和我都很困擾，我和老師討論的結果，這有幾種可能：

1. 他不小心把藥弄丟了。

2. 他自己故意把藥丟了。

3. 有人在捉弄他。

以上都有可能，我送藥去並沒有怪他，只是很困擾，他已經吃了幾個月的藥了，沒有抱怨，也沒有排斥，不過誰知道呢？也許他最近不想吃吧？

如果他是故意把藥弄丟的，我也不想拆穿他，讓他自己停止吧。

但萬一是有人要捉弄他，那就比較麻煩了……

不過，雖然他過動的某些行為確實很惱人，他在班上同學中的人緣其實還不錯，他也想不出會有誰要整他……

沒關係，沒有證據的情況下，萬一真是這樣，希望那位這麼做的同學覺得無聊了，就自己停止吧！

我也已經請老師多留意了，之後一到學校，藥盒就先交給老師保管……

這要是再不見了……

那就只能是有超自然力量不給他吃藥了！

 後記

幸好，這個狀況後來沒有再發出現了。

終於不用再送藥去了！那幾天搞得我像藥頭似的。

希望不是同學的惡作劇……

更希望不是同學拿去吃啊～～

一個哭另一個就笑

每天早上上學和下午放學，通常都是妹妹各種生氣，倒楣的哥哥有時候還要安撫快氣瘋的爸爸……
當然是用 7 歲小孩的方式……
但今天放學換哥哥生氣了，我大老遠就看到他好像在哭，老師跟他說話，他也不理……

他來到我面前，我問他怎麼了？為什麼生氣？
是不是有人欺負你？
他顯然氣壞了，邊哭邊說，說的亂七八糟，還越說越氣！
最後還氣到說：「我想去死！～」
我心頭一驚！
這有點嚴重了吧？到底發生了什麼事？
（這要是衝動一點的家長，聽到這個應該會在校門口發飆吧？不是對小孩就是對老師……幸好我沒有）

哥哥平時很溫柔，但其實個性相當激烈，而且他生氣起來就很容易歇斯底里。
在他夾著眼淚鼻涕的哭腔中，我耐著性子拼湊出了事情大概的樣貌：
放學了，他還在和同學玩，老師叫不動，只好要旁邊的同學「不要跟他玩」。
這句「不要跟他玩」！
激怒了他，也傷了他的心，因為是他喜歡的女老師說的。
（是年輕又漂亮的女老師）
我慢慢解釋了老師的意思，她並不是要叫別人不要跟他玩……
還有他不應該不理會老師「放學了要排隊」的指令……

大人無心的一句話，小孩聽在耳裡可能有不一樣的反應，當然我沒有去告訴老師後面這些事，平常就夠她煩了！

還有，你不會想到「玩遊戲」對一個孩子來說有多重要，重要到被阻止時會說出這麼嚇人的話……

後來，回家路上他看到蝴蝶，馬上又開心了，還要求我拍照！

至於妹妹呢？

上回我遲到，妹妹氣哭，哥哥在她旁邊幫忙罵我，那哥哥這回氣哭時，妹妹在幹嘛？

嗯～妹妹心情大好！她一邊唱歌跳舞，一邊過馬路……

為什麼？

因為哥哥在哭，她要唱反調……有點啼笑皆非對吧？

是的，妹妹沒有同理心，也沒有同情心……

後記　老實說，妹妹真的很像《阿達一族》中的星期三……

但一說這個她就生氣……

為什麼呢？

因為她覺得星期三都穿得烏漆麻黑，很醜！

永遠要等一下

雙寶每天從起床，直到抵達學校門口之前充滿了各種挑戰……
每當好不容易讓兩個人都吃完早餐、換好衣服、刷好牙……
就一定會有人說：「等一下！」
這時我的青筋就會自動暴起，因為不管是誰……
等一下是為了要幹什麼……
馬上就要遲到了！
哥哥通常是：「等一下！我要大便！」
啊啊啊～～那剛剛我問的時候你為什麼不先去上呢？

哥哥這種屬於生理反應的拖延也就罷了！（總不能不讓他大吧！？）
最麻煩的是妹妹……
妹妹屬於心理需求的拖延……
「等一下！我還沒畫完……」
好，你等到她畫完，以為可以出門了？
想得美！
妹妹：「現在你要上色！」
蛤？
「不能等放學回來再上色嗎？」我額頭的青筋已經開始浮現了……
妹妹：「不行！」
好，上色就上色吧！（忍住怒氣）
妹妹：「啊啊啊～（大叫）你要先上這裡啦！（指定）」
我直接理智斷線……
「妳不先說我怎麼會知道？」大吼……

一個年過半百的傢伙，此時修養全無，跟一個 8 歲小孩大吼大叫……
但還是拿她沒辦法……
然後就是兩個人互嗆……

哥哥在一旁揹著書包嘆氣、翻白眼……

直到趕到校門口為止，一老一小都是處在發怒臭臉的狀態。

這樣的戲碼，每天都在上演，直到現在放暑假了，我才回過神來，可以把它畫出來……

後記 有人說，很意外我會吼小孩……

怎麼？

你以為我在兩個人的不間斷雙重攻擊下可以忍多久？

對了！

暑假不用上學的唯一優點……

是我存活的機率增加了。

為什麼？因為我可以少生氣很多次，給氣死的可能性減少了。

等等！不對！

好像也沒有比較少啊啊啊～～～

（而且生氣次數還增加了）

三年級

終於，暑假結束了！

雙寶開學了！

（呃……其實已經開學一個禮拜了）

每天又回到一樣的狀況：

晚上，催促作功課、吃飯、洗澡、刷牙、睡覺……

早上起床，催著吃早餐、刷牙、換衣服、上學……

這中間當然夾雜著雙寶的玩鬧吵架不聽話，還有爸爸絕望憤怒的吼叫聲……

三年級了，他們的課程有變動，好比哥哥一到學校就要去潛學班，所以要比平常早出門，我得不斷的提醒，但才剛剛開學，兩個都還記不住。

昨天難得提早出門，路上隱隱覺得好像忘了什麼……

我：「啊！哥哥！你剛剛有沒有吃藥？」

哥哥：「沒有！我忘了！」雖然氣人，但這傢伙還算誠實！

可惡！已經走到一半了：「你等一下先進去把書包放好，然後下來校門口等我！爸爸跑回去拿！」

哥哥：「好！」

他整個暑假都沒有吃過動的藥，所以每天都是鬧翻天的狀況，但是上學如果不吃，那就是全班鬧翻天了！！！

我氣喘吁吁的跑回校門口……

還好，他沒一進教室就忘了，正站在校門口和警衛叔叔比手畫腳，大概是在說等我拿藥來。

前幾天他也忘了吃中午的藥，但是振振有詞：「把拔！我沒有吃藥，然後我功課寫超快的，游泳課的時候也超厲害！」

……

嗯～最好是這樣啦！

後記

有人看了說感覺好像《異能》* 裡的小男主角,沒了鉛塊,就可以飛得又遠又高……

喂!那個已經不是過動了吧?(是超能力!)

有人提醒:「有長效型的藥一天吃一次即可。」

我知道啊!不過我們都依照醫師指示,他目前還不適合。

也有人建議書包裡放一個備用藥盒,有的,但那是中午要吃的藥……

對了!有人不清楚什麼是「潛學班」,各校可能有不同的稱呼:其實就是已經給醫院醫生做過鑑定,學校課業需要協助的小朋友。

*《Moving 異能》(2023)韓劇,講述隱藏超能力生活於現在的孩子們,與隱藏過去痛苦祕密的父母們,雙方共同面對跨越世代的巨大危險的超能力動作英雄故事。其中有一個小男孩,從小就能飄浮空中,為了不讓人發現自己的特殊能力,總是背著沉重的書包去上學……

爸爸會不會說髒話？

小孩上學之後，免不了會帶回一些功課以外的東西……

比如感冒、流感……除了傳染病之外，還有一個避不掉的……

說髒話！

即便出口成髒的我，在他們面前怎麼忍耐不說髒話……

雙寶還是從 YT 和同學那裡學到了這項技能……

當然還有一些關於「GG」和「蛋蛋」之類的「瑟瑟笑話」……

哥哥的脾氣很好，那是平常時，一旦他打遊戲不順，馬上就：「操！」、「他媽的……」（嗯～目前沒有出現三字經就是……還沒有！）

我好聲好氣地告訴他：「哥哥，把拔在你面前有罵過髒話嗎？你講的這些髒話我都會，而且我保證比你們同學、老師還有家長會的還要多！但是我從來不會在你們面前罵，為什麼呢？因為……」

雙寶一聽，興趣來了！

他們完全沒在聽我的勸告，注意力全部集中在「把拔說自己罵髒話很厲害」這個點上，而且他們都不相信……

妹妹更有趣，她不但不信，還追加了一個問題：「把拔，那你會講瑟瑟的笑話嗎？」

嗯……

妹妹啊～關於瑟瑟的東西……

把拔不只是會講……還會畫喔～

（對了！不是只有哥哥，妹妹也很會罵髒話喔！）

後記

臉友們對雙寶說的話：

「你們的把拔可是畫瑟瑟漫畫的高手唏！」

「威黛長大後才會知道爸爸是掃地僧！」

真是謝謝了！不過這項技能目前對他們沒有任何吸引力……對了！

雖然很辛苦！但我還是忍住了！

我忍住了在他們面前表演罵髒話的慾望！

（雖然會得到他們的敬佩，但是後果不堪設想……）

外國人？台灣人！

之前隔離結束後，雙寶重返校園，放學時我去接他們回家，一路上有
同學在背後不斷叫他們：「外國人！外國人！」
妹妹臭臉咆哮，哥哥火大直接回頭大叫：「吼～我們是台灣人啦！」
看到雙寶氣鼓鼓，我不禁笑出來：「你們兩個都藍眼睛，能怪人家叫
你外國人嗎？」
同時想起小時候也被這麼叫過。

小時候，媽媽說我是美國人，因為爸爸是美國人。
在學校，老師說我們是中國人，有一天要反攻大陸。（結果咧？）
畢業後，學校終於管不著了，大家都開始說自己是台灣人。
我在台中出生，老說自己是台中人（因為台中實在很奇妙），但來台
北念書之後，就留下來了，現在是台北人！
請記得：你在哪裡，你就是哪裡人。

後記

有人說：「這種英雄離場構圖，通常背後是爆炸……」
是啊～而且離場的那個通常就是丟炸彈的傢伙。
還有，這一篇出來之後，反應熱烈，我馬上就自動被歸為台派 1450* 了！

*2019 年總統蔡英文競選連任，線上小額募款「1450」元，捐款前 1 萬名可獲得象徵「辣英粉」
的「辣椒醬＋米粉」。口號是「你的 1450，讓我們的 2020 一起贏！」

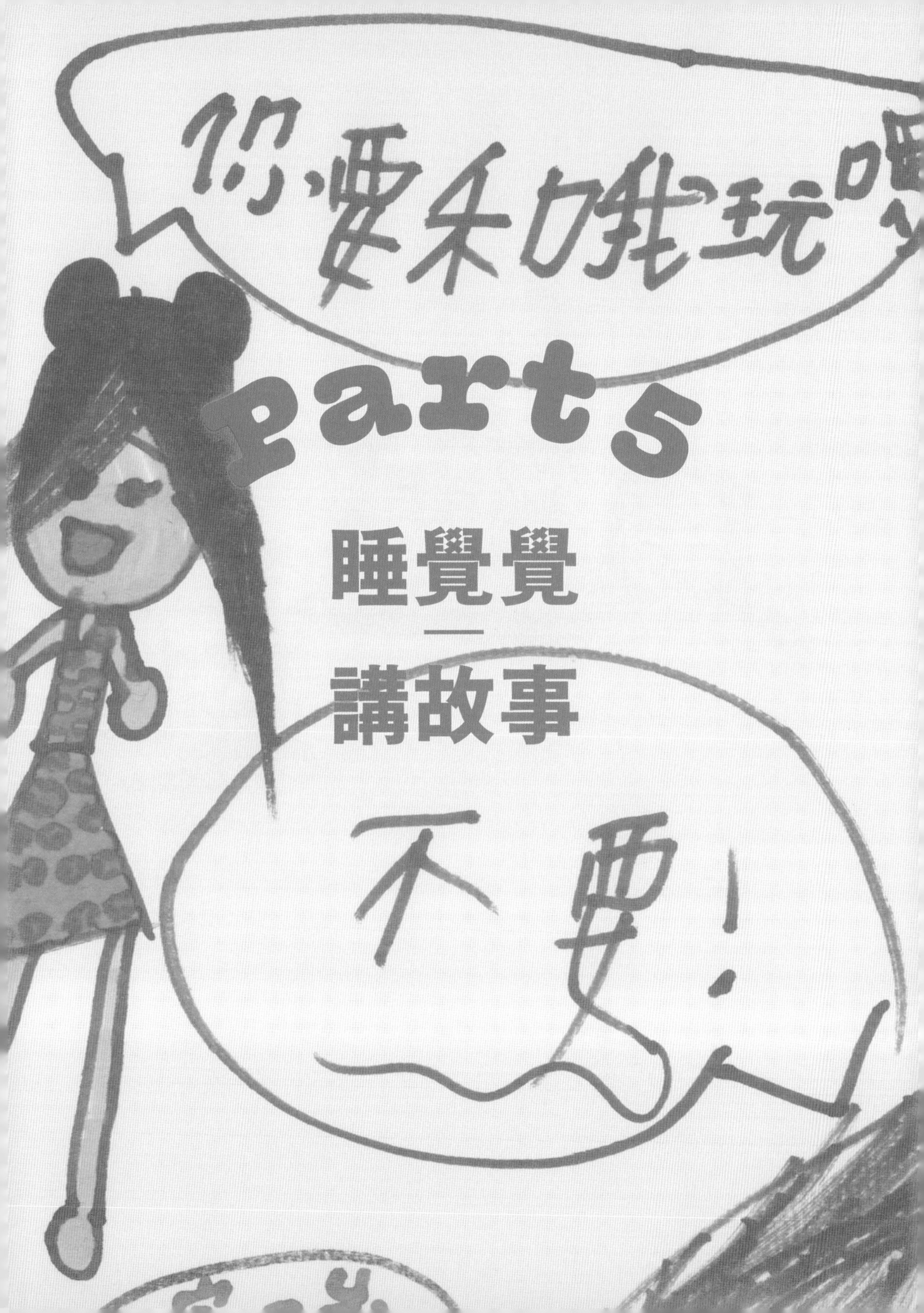

Part5

睡覺覺——講故事

睡前說故事

妹妹小時候不說話，後來開口後，就可以嘰哩呱啦地說個不停，但她
說的都是重複她聽到的（自閉症的特徵之一：會反覆的學別人說話），
她現在好多了，不過這個能力，有時候會在奇怪的地方出現……

每天，雙寶在睡覺之前，都必須有一些例行的苦戰：刷牙、尿尿、乖
乖進房間睡覺。等押著他們做完這些事，我已經吼得很累很累了！

進房間一躺下，下一個挑戰馬上就來了……

哥哥：「把拔講故事！」

我：「講什麼？我好累……」

哥哥：「隨便。」

我：「你提醒一下，想聽什麼故事？」

妹妹（興奮）：「吸血鬼那個！」

我：「？？哪個？」

妹妹（很開心的「提醒」）：「就是有一個吸血鬼，他……」

以下省略 500 字……對了，那是我編的故事……等等！

啊！妳這不是講完了嗎？

通常她還沒講完，哥哥已經睡著了，但是我不可以睡著，她會撿查，
如果我昏死過去了，她會很生氣，因為等她「提醒」完，就輪到我重
新講一遍了……

說真的，妹妹，我有時候不禁會懷念起妳小時候，都不說話的時候
啊～～～

後記 我講的時候如果漏了哪一段還會被她糾正！

還有：吸血鬼的故事並不是《天才超人頑皮鬼》* 中的故事，完全是新編的。

*《天才超人頑皮鬼》是麥人杰第一部長篇連載漫畫，結合了科幻、魔法、
青春愛情、動作冒險、爆笑喜劇……以天馬行空的人物場景、不按牌理出牌
的超展開劇情，其中吸血鬼德古拉，來自羅馬尼亞具有強大妖力，行為舉止
優雅也喜好女色。（順便打書一下）

熱愛怪物的小男孩

妹妹喜歡《屍速列車》還有《末日之戰》，有人好奇：哥哥睡覺前看什麼？

我：「警笛頭＊！」（不知道的人估狗一下油管上的影片）

哥哥過動，常常會突然大叫，他的嗓門又大，有時候真的差點被他嚇死！

所以他喜歡警笛頭就不奇怪了，因為警笛頭不但是怪物（他喜歡怪物、怪獸），而且會發出巨大的警笛聲（跟他一樣大嗓門）。平常他最常要求的玩具是紙黏土，5歲時，他想要買警笛頭的玩具，我找了一下，還真的很少，而且媽媽覺得警笛頭太可怕了，小孩子玩這個不好（主要是它太醜了），於是他就自己做警笛頭，用紙黏土。

過了很長一段時間，我發現他對警笛頭的喜愛沒有消失，還是堅持要買這個（他不會亂買玩具），於是換我去說服媽媽讓他買：「他自己做警笛頭玩一樣會大叫啊！」

於是，在達成一些任務要求之後，他終於得到警笛頭了，不出所料，接下來幾天都會被突然而來的：「叭————！！」襲擊……

雖然很大聲，很嚇人，但是，他也很開心！

問他下一次想要什麼玩具？哥哥（堅定）：「卡通貓＊！」（也是怪物）

後記　臉友回應：「基因太強大，孩子是無辜的！」

喂～！

*「警笛頭」首次出現於 2018 年 Twitter 貼文，由加拿大恐怖作家 Trevor Henderson 所創造的虛擬生物，四肢細長，軀幹消瘦接近骨架狀，顏色像是生鏽的金屬，頭部由兩個發出刺耳聲波的警笛組成的怪物。它會模仿警車警笛聲將獵物誘出再進行擊殺。

*「卡通貓」也是 Trevor Henderson 所創造的虛擬生物，外觀類似高大的黑色貓科動物，惡毒暴力且充滿敵意。

妹妹的恐怖故事

有時候我太累，會反過來要求雙寶講故事給我聽，通常哥哥會說我想一下，然後可能就睡著了。而妹妹的「故事」非常像記錄器或是藝術電影：開始時莫名奇妙，結束時也是！

但昨天，她說了一個讓我有點不安的故事……

以下是妹妹的睡前故事～

妹妹：「我們上體育課的時候，有一個女生站在教室外面……」妹妹的音調有點神祕……

我：「等等！體育課不是在操場嗎？」

妹妹：「不是！」

好吧，大概是下雨改室內吧，我想……

妹妹：「有一個女生一直看著我，看很久……」

我：「妳認識她嗎？」

妹妹：「不認識！」

我：「那她為什麼一直看著妳？」

妹妹：「我也不知道……」

等等！為什麼有種恐怖片的感覺？

該不會是什麼變態吧？

還是妹妹有靈異體質？

我開始有點不安……

妹妹（以下是女學生、老師、還有教室外神祕女生的三方對話，由妹妹一人分飾三角）：

「老師，外面有一個女生！

老師說：妳迷路了嗎？

對！

妳要去哪裡？

上體育課……

那個同學，妳帶她去。」

我：「體育課在哪裡？」
妹妹：「在地下室。」
蛤？
妹妹：「我本來以為我知道，結果那個地下室不是，我就站在別的教室門口！」
我：「等一下！說了半天，那個站在教室外面的女生是妳？」
妹妹：「嗯！」

妳這說話的順序是重新剪輯過的？（妳這是昆汀‧塔倫提諾、還是諾蘭＊？）
好好的為什麼會被妳講得像恐怖片啊？
妳找不到教室，然後去站在別班的教室外面盯著人家全班看？
妳一定又面無表情吧？
被妳盯著的小朋友壓力會很大啊～～～

後記
妹妹才沒有故意要製造什麼懸念……
她一向是想到哪說到哪！

＊昆汀‧塔倫提諾，美國導演、編劇、製片人和演員。他電影的特色為非線性敘事的劇情、諷刺題材、暴力美學以及新黑色電影的風格。代表作《黑色終結令》、《追殺比爾》等。
＊克里斯多福‧諾蘭，英國導演、編劇及監製。被認為是 21 世紀頂級電影製作人。代表作《蝙蝠俠》、《黑暗騎士》、《全面啟動》、《天能》、《奧本海默》等。

帶小孩一個小時後，黑武士決定了……
「把死星給我拿出來，最近的星球是哪一個？」
#黑武士的日常

愛聽鬼故事的小女孩

從小雙寶就要開著「音樂燈」入睡，就是那種放著搖籃曲，會投影圖案到天花板上的燈，一段音樂15分鐘，時間到音樂停止，燈光熄滅，房間進入黑暗中，他們也睡著了。

這像是個儀式，這個儀式也有個專屬名詞，不過今天先不講。

如果精神太好睡不著（通常是妹妹），這個儀式就要重來一次。

折騰一天體力不支，有時候我會比他們還早睡著，今天說完我編的吸血鬼故事第3集之後（集數是妹妹決定的），我已經快不行了……

妹妹：「把拔，你可以再開一次嗎？」

幸好是音樂燈，不是要再講一次故事。

（她有時會要我再說一次「故事」）

「好！」床墊是直接放在地上的，以防他們摔下床，所以我在黑暗中掙扎起來，怕踩到哥哥，哥哥已經睡著了……

突然，我覺得我背後有東西，瞬間寒毛直豎，誰？誰在我背後？這房間沒別人了啊？等一下……怎麼是妹妹？

「妹妹？妳在我背後幹什麼？我會撞到妳啊！」這速度未免太快了吧？妳不是躺著嗎？難不成妳會瞬間移動嗎？

黑暗中，妹妹：「因為我有一點怕鬼……」面無表情的聲音。

（她才不會怕鬼）

我：「怕鬼？鬼才怕妳吧？把拔差點給妳嚇死！」

妹妹：「呵呵！」黑暗中傳來安妮亞表情的笑聲。

於是，接下來我又要說一個鬼為什麼會怕她的故事……

剛剛是誰說要聽吸血鬼故事的？

後記 不過我的「吸血鬼故事」一點也不恐怖……
她每次都笑得很開心！

一個媽咪都沒有

媽媽睡覺會打鼾，累的時候更嚴重，所以有時候會自己睡，不會吵到他們，也可以好好休息，由我陪雙寶睡。

但雙寶有時候會不滿，「我要跟媽咪睡！」

好吧！等一下不要又說媽咪很吵喔！

（我也會打呼，但根據雙寶的評分，媽咪的呼聲比較高）

媽咪也無法拒絕：「好，我馬上來，你們先進房間去。」

過了一會兒：「媽咪怎麼還不來？」哥哥抱怨。

「媽咪在忙，馬上就來了。」我安撫他們，「我去看一下！」妹妹又找到理由溜出房間去客廳了。

又過了一會兒妹妹進來了，不知道是在興奮什麼的指著門外：

「把拔！外面連一個媽咪都沒有！」

⋯⋯

妳給我等一下，本來有很多個媽咪嗎？

後記
當時是農曆七月⋯⋯
農曆七月這樣說真是細思極恐啊～～

天外飛來一腳

說到陪小孩睡覺……

陪雙寶睡覺時簡直是危機四伏，今天先說一下妹妹：

妹妹睡覺前有很多儀式和毛病，除了睡姿比較豪邁，睡著後就還好，可以一覺到天亮。

但是隨著她長大，她的大長腿就很危險了！！

我本來睡得好好的，突然天外飛來一腳，如果招呼在我肚子上還好，但有時候是在臉上，砸得我眼冒金星，瞬間在不知道發生什麼事的情況下醒來，你要把她的腳挪開，她還不高興，拒絕把腳收回去！

我想不少爸爸、媽媽應該有同樣的經驗……

不知道有沒有爸爸、媽媽因此穿著防具睡覺？

後記 對了，提醒一下……

我可是左右兩邊各有一個攻擊手喔！

詠春聽橋？

我悟了！

詠春聽橋

昨天 PO 了陪小孩睡覺挨揍的經歷，結果看到一些相當慘烈凶險的回應，欸～這哪是陪小孩睡覺？這簡直是玩命啊～
（大家有興趣可以看一下上一則 PO 文）

今天來說哥哥，他睡覺的時候很不安穩，各種姿勢，磨牙、打呼、說夢話……
在他旁邊實在很難入睡，他還會搭配動作，手來腳來，從頭到腳，我能挨打的部位都中過招了，慢慢地就形成了自動防衛機制，他一有動作或是出個聲音，我馬上就擺出格擋的架式，但眼睛仍然閉著……
我突然想到，欸！這不是「詠春聽橋＊」嗎？
難不成這招就是睡小孩旁邊，挨打悟出來的？
我就差個宮二＊告訴我：
「麥先生，拳不能只有眼前路，沒有身後身。」
好的，宮小姐，不過我已經回頭無岸了……

後記 那個如果要來給建議的請先看這裡：
1.「上下舖」，不行，半夜會摔下來。（嬰兒床時期就發生過了）
2. 說要「分房睡」的，麻煩買房或是直接過戶給我，獨棟別墅佳！

＊ 中國武術「詠春拳」，因為電影《葉問》、《一代宗師》再度發揚光大。其中「詠春聽橋」靠的是身體的感知，反覆實踐練習後，反應迅速，甚至閉眼也能憑自己雙手知覺進行黏手，攻防自如。
＊《一代宗師》（2013），講的是詠春高手葉問及（梁朝偉飾演）一眾武術家的故事。中華武士會會長、八卦形意門掌門宮寶森到佛山引退，其首徒馬三在宴會上打傷了人，以致眾人推舉詠春高手葉問出戰宮寶森。葉問得勝後，宮寶森女兒宮若梅（宮二）旋即挑戰葉問，宮二對葉問說：「給你看六十四手，是讓你明白，人外有人，山外有山。拳不能只有眼前路，沒有身後身。」而葉問的回覆：「妳就差一個轉身。」

把拔我愛你

我告訴哥哥：「你睡覺時可不可以不要打我？」

哥哥很內疚，說他不記得，他不是故意的……

我當然知道啊：「把拔只是告訴你一下，沒有要罵你啦！」

他睡覺時還有兩樣奇特的行為（先說，這可不是因為我告訴他：他睡覺會打我才出現的），一個是一直拍我，然後問我：「把拔，你還好嗎？」

我：「在你把我吵醒之前，很好！」

「喔！」然後他又睡著了……

另外一個更讓人哭笑不得，一陣狂拍之後：「把拔、把拔……」

被吵醒沒好氣的我：「……什麼事？」

哥哥：「我愛你！」然後他翻身繼續睡。

……

好，我也很愛你，但是可以不要把我拍醒，然後告訴我好嗎？

後記

哥哥從小就很會撒嬌的，跟妹妹完全相反……

要讓妹妹說把拔我愛你，很難！

掛病號
part 6
還有麥先生的
—
家長裡短

馬尾一家小百科

老是有人問我：哥哥是不是綁馬尾？奇怪，我不是已經畫出來了？

最近，又有人問了升級版的問題：你們全家是不是都綁馬尾？

（答案：是！）

沒想到，會有人對於我們一家人是不是都綁馬尾感到苦惱……

是的，因為好打理，省錢又省時間。

為此，我還特別畫了「圖解」來回答這個問題：

哥哥的頭髮是捲的，和媽媽一樣，不綁會到處亂竄，很惱人。

（對他自己）

妹妹的頭髮是直的，和爸爸一樣，現在全家頭髮最長的是她，髮型最多的也是她，至少有十種以上，族繁不及備載（我偷懶先畫個幾種就好）。她這些變化多端的髮型當中，爸爸目前會綁的只有馬尾，而且還綁不好！

期待之後我能學會其他的花式綁法。

（一直想試試國外某個天才老爸用吸塵器幫女兒綁辮子那招）

註：爸爸是白頭髮，媽媽是黑頭髮，雙寶則是和我年輕時一樣咖啡色頭髮，不過顏色更淺。

後記

很多人一定都沒在看文字內容，妹妹的頭髮是媽媽或是阿姨、有時候還有學校老師綁的！爸爸綁得不好。

還有人說妹妹一直是臭著臉……這有什麼好奇怪的？

她是臭臉公主啊！

不能進戲院看電影

自從有了雙寶之後，愛看電影的我就幾乎沒再進戲院看電影了⋯⋯
每回有什麼大片上了，就只能看著大家歡天喜地的討論兼爆雷⋯⋯
（久了我都以為我已經看過了）
兩個原因讓我沒進戲院看電影：一是沒時間！二是怕生病。
我的呼吸道不好，每次進電影院常常中招感冒⋯⋯
先別說這幾年的疫情影響，光是不小心感冒，你就怕會傳染給小孩，
而且一次就是兩個，那後果更慘烈啊～
於是我只能忍忍忍忍忍⋯⋯
忍著等 BD 出來，或是忍著等電影上了串流平台才能看⋯⋯
一向看電影喜歡搶頭香的我，都不知道自己這麼能忍啊～
（自我感動中）
有人說那有什麼？
我們也是這樣啊！
這個嘛⋯⋯
（除非你也是為人父母而且還是圖像創作者⋯⋯不然我們不一樣！）

關於看電影，我是諾蘭派的，電影就是要進戲院欣賞才爽！（諾蘭沒
有這樣講！爽是我說的！）
但是現在的我，只能在串流平台上看影片，而且不是在電視上，是在
小小的手機上看⋯⋯
差別在哪裡？
這就像以前在趕稿的時候沒空好好吃飯⋯⋯
隨便吃便當和泡麵也 OK！
總之肚子不餓可以繼續工作就行。
但那只是不餓而已⋯⋯

一個創作者須要不受干擾的思考之外，他也須要餵飽心靈的飢餓，看
看其他創作者合力完成的作品，除了娛樂之外，還能在不知不覺中學
到東西、最重要的是得到刺激⋯⋯

電影有許多聲音和影像上的細節，手機上是看不到的……（某些專門拍給串流平台的三流電影不算蛤！）

講到這裡有不懂事的人（而且可能還單身沒小孩）就說了：「那你可以帶他們一起去看啊？」

帶雙寶進電影院？……想啥呢你？

我可不想花了錢～還被人趕出電影院……

而且最後電影也沒看完啊啊啊～～～

後記

這是雙寶 Cosplay 蝙蝠俠 *……

我畫這幹嘛？難不成是業配？並不是。

因為 PO 這一篇的時候，大家都去看羅伯 · 派汀森版的《蝙蝠俠》了……我沒辦法去看啊啊啊～～～（可惡）

*《蝙蝠俠》蝙蝠俠是美國漫畫故事中的超級英雄，1940 年代開始陸續翻拍為各系列影視作品至今，此處是指 2022 年上映；羅伯 · 派汀森飾演男主角的《蝙蝠俠》電影，父母早逝的億萬富翁布魯斯 · 韋恩內心激憤，嫉惡如仇，化身「蝙蝠俠」打擊高譚市的不法分子。蝙蝠裝的外觀通常是黑色，胸前有一個黃色橢圓上的蝙蝠標誌，穿戴黑色衣褲、頭盔、斗篷、手套和靴子。

牽小孩出門

之前提到女兒像貓、兒子像狗，所以有了今天這個畫面。（你大概可以猜到我要說什麼）

老式的古典胡鬧喜劇片，除了砸蛋糕之外，總會有人遛狗時，在轉角遇到貓，然後狗狗衝出去追貓，這人就給拖著跑了，完全拉不住……你如果把「狗」換成我們家「哥哥」，那畫面也差不多。

雙寶剛會爬就想跑了，尤其是過動的哥哥（那時候不知道他過動），帶他們出門一定要綁在娃娃車上（腦中請不要立刻出現《瘋狂麥斯：憤怒道》＊那種畫面），否則我不敢過馬路。到了公園落了地，我還得給他們繫上安全帶，就是那種牽引繩，或是叫兒童防走失帶，否則極度危險。

沒遛過小孩的，或是小孩很乖的人可能不解：公園有啥好危險的？

我告訴你：公園有大水池（你家小孩如果會潛水那就不要緊），有跑步時聽耳機、但沒在看路的傢伙，有低頭邊滑手機、邊走路的笨蛋，還有溜滑板或是直排輪的欠扁大小孩（是的，而且不是在溜冰場裡，哥哥就被撞過），有推著輪椅聊天的外籍移工……全部的人視線範圍內都不會出現小孩！！！

除非有人穿真理褲或是迷你裙，否則他們理所當然的都不會注意到前方行人的腰部以下。（所以他們很容易撞到你家小朋友）

這都算了，還有一種最討厭的三姑六婆歐巴桑（以下簡稱阿桑）……

一看到小朋友身上有牽引繩就開始了：

「唉呀～好可憐呀～又不是狗！」

當然不是，妳才是，妳 TM 全家都是，好嗎？

阿桑懂個屁啊！妳？（以下開始罵人）

妳知不知道，小朋友的小短腿跑起來速度有多快？

妳知不知道，妳和小孩有身高差？有狀況時你想抓住他，太快會踩到他、撞到他，太慢會抓不住導致危險發生？

出了公園……

妳知不知道：人行道時不時會竄出該死的 YouBike ？（公園裡有時候也會出現）還給你按鈴鐺～叮鈴叮鈴！你 TM 逆向騎在人行道還好意

思按鈴？這鬼東西居然還叫「微笑單車」？是「危險單車」吧？

Uber Eats 趕著送餐，或是接單的機車會突然從巷子裡衝出來？

還有搖搖晃晃、舉步維艱，但是又瞬間移動突然出現的老人？

（不要誤會，我也一天天變老，但有些老人真的危險性很高，特別是對其他人）一副被你家小朋友撞倒，一定直接歸西的樣子？

「慘！老人出門散步竟遭 3 歲小童奔跑撞死！」我連標題都想好了！

以上這些危險，全都可能因為你給小孩裝上了牽引繩而得以避免！

（為什麼我覺得這很像業配？）

剛剛說三道四的阿桑，回到妳了！妳知道這些危險嗎？

孩子衝向世界的力量是很強大的，你是惟一能幫他們擋住危險的安全裝置，小朋友的安全第一，所以不管這些人說啥都不要聽，如果出了什麼事，你知道這些邪惡的八婆又會怎麼說嗎？

「唉喲～好可憐，這爸爸、媽媽怎麼不小心咧？」

不信你試試！

後記

真他媽又又！我從雙寶兩、三歲的時候忍到現在才罵，不！是忙到現在才想起來！

以後路上看到有爸爸媽媽這樣蹓小孩，請記得麥叔叔說過的這種種危險，同時閉上嘴，不要發表讓人惱火的評論啦！

（這一篇 PO 文的時候正在哄小孩睡覺，小孩睡著之後發現：斐洛西 * 降落了～而且沒有被擊落！）

＊《瘋狂麥斯：憤怒道》（2015）末日科幻動作片，屬於《迷霧追魂手》系列電影的第 4 部作品，
主角麥斯在妻兒慘遭殺害後，憤而展開一連串懲奸除惡的激戰。

＊ 2022 年的 8 月 2 日，時任美國眾議院議長斐洛西（Nancy Pelosi）不顧北京警告訪問台灣，與
台灣總統蔡英文見面。在訪台的消息宣布後，引發全球輿論，其中有分析斐洛西訪台可能會激化
緊繃的台海關係，甚至引發戰爭。

好懷念牽引繩啊！

雙胞胎什麼都要兩份，用的、穿的、吃的、喝的……

7-11 的美眉知道、也看過我們家雙寶，看到我購物籃中兩份、兩份的麵包、布丁什麼的……她好奇問：「如果吃的買不一樣會怎樣？」

「不行，會打架！」我開始解釋事情會如何發展，如果買了不同的東西，妹妹一定會要哥哥選的那個，戰鬥於是開始……

「那不能帶他們來自己選嗎？」她問了一個致命的問題。

「不行，那是災難！」我嚴肅地告訴她……（並沒有）

這就要說回牽引繩的話題了。

雙寶會走、會跑之後，出門必須用牽引繩，但過沒多久，不受控制的他們就開始拒絕這種限制自由的東西了，特別是知道如何拆掉它。

麻煩來了。從小每次出門雙寶都很嗨，基本上所有的地方都是他們的遊樂場，跑來跑去，高興大叫，而且還會互相影響，越來越嗨……

所以要帶他們出去買東西之前，都必須三令五申，告訴他們一些要守的規矩，他們也點頭如搗蒜，表示一定會遵守。事後證明一概無用，小朋友的保證是不能相信的。

加上沒有牽引繩的限制，他們總是如脫韁野馬，而且一個跑東、一個跑西，讓爸爸、媽媽疲於奔命，帶他們出去一趟簡直像做了回極限運動，回家大人累癱，而他們仍然在家上竄下跳，嘰嘰叫……

就說帶他們去 7-11 買東西吧！很容易嗎？不！一點也不容易。

首先，他們不喜歡排隊，沒耐性，結帳時東西又堅持不放籃子，要自己拿，去了幾次之後我學會了：不要買其他東西，只能買他們選的，而且必須兩個大人跟著，為什麼？（一個人負責結帳，另一個人負責看住他們）

因為他們一嗨～就跑出去了，有時候手上還抓著東西，「等一下！還沒付錢啊！」我只能大吼。（旁邊的人倒是看得挺開心）

這時候我是繼續結帳、還是衝出去抓人？

若繼續結帳，他們跑出去會有危險！

還是，我衝出去抓人，簡直像套好招吃霸王餐的……

你說，我能不懷念牽引繩嗎？

後記　7-11 的美眉對不起，妳的髮型畫錯了！
　　（然後出書了還是沒改，要不然就妳自己改成這樣的髮型吧！？）

一家人都生病的時候

雙胞胎很多事情都是買一送一，比如生病……

哥哥咳嗽一個禮拜，期間媽媽也中招了，而且還很嚴重，嚴重到拖了幾天才去看醫生，被醫生罵那種……

好不容易，兩個人都好多了，換妹妹開始咳嗽了！！

忙了一天，晚上的最後一關就是押著這兩個一點也不想睡的傢伙上床睡覺，睡前還要記得刷牙、吃藥什麼的……

腳痛、肩膀痛，外加腰痠背痛的，躺下來之後，妹妹說話了：「把拔，你為什麼還載著眼鏡？」

啊？我累到忘了把眼鏡拿下來了……（幸好，我以為她又要我講故事……老爸實在沒力氣了）

「這樣我作夢的時候才能看得清楚啊！」我反射式的這麼回答。自己都沒想到啊～～

爸爸這個回答，妹妹笑得很高興……

好吧！

今天就說一個「冒險者在夢中找眼鏡」的故事吧！

（結果還是躲不掉要說故事啊～～）

 後記

對了，妹妹的枕頭是她新買的大漢堡！

哥哥抱的是他的大王具足蟲 * 布偶……

由於這時候剛好有人推出了大王具足蟲拉麵，所以我收到了一堆詢問……

好吧！我來統一回答一下你們這些不關心我，只關心「大王具足蟲」哪裡買的傢伙：

1. 這個去年底（2022）早就買了！真是超前部署！

2. 在信義誠品買的，當時沒人要，現在還有沒有我不知道！？（而且書出來的時候，應該已經沒有信義誠品了）

還有……糟糕！我忘了這個冒險者在夢中找眼鏡的故事是怎麼講的啊～～～～

---

* 大王具足蟲為等足目生物，屬於深海中體型較大型的食腐性節肢動物，日本稱「具足蟲」，台灣則稱為「深水虱」。2023 年有台灣拉麵業者推出大王具足蟲料理，引發外界熱議，白肉部分吃起來有龍蝦加螃蟹的口感。

＃ 愛的魔力轉圈圈⋯

兩個禮拜沒有畫雙寶，因為他們生病了！

以下簡單報告一下：

一開始是哥哥感冒，還好，就是流鼻水、咳嗽⋯⋯

接下來換成妹妹，症狀一樣，都沒發燒。

然後媽媽中招，同上。

原本快好了的妹妹放學回家時和平常不太一樣，晚上發燒了，40度，於是請假⋯⋯

小兒科醫生說這不是之前那種感冒，可能是流感！

接下來就是媽媽中招：發燒，媽媽的反應很強烈，全身痠痛，沒辦法吃東西⋯⋯

媽媽記得醫生說的，懷疑是流感，終於有一天晚上去了急診，一檢查，果然是 A 型流感！

然後換哥哥發燒，他也中招了⋯⋯

確認是流感之後通報了學校，由於流感是法定傳染病，學校建議 5 天在家休息⋯⋯我們也不想去傳染給別人。（這樣的家長是不是很佛心？有的人根本不管的，小孩生病照樣讓他上課）

於是就這樣過了兩個星期⋯⋯（千萬不要小看流感啊～～）

期間只有我沒有發燒（幸好），於是就只有我可以盯著要他們吃藥、吃飯、買便當、倒垃圾⋯⋯（咦？這個不是平常也在做嗎？）

而且我感覺被 A 型流感給排擠了⋯⋯

兩個禮拜一下就過去了，雙寶燒退了之後，家裡就進入了一種類似放暑假的狀態⋯⋯

看到他們開始吵架打鬧，就知道他們好多了⋯⋯

我也從擔心焦慮又恢復正常的大吼大叫了！

這回兩個大人倒了一個⋯⋯

爸爸已經快累死了！！！

對了！

他們本週已經可以回到學校上課了，就不用再祝早日康復啦！

（然後哥哥一上學就腸胃炎半夜急診⋯⋯）

後記 好多人看了說，我是免疫體質的天選之人！並不是好嗎？
應該是天選工人！
竟然還有人說，病毒需要留一個活口給宿主餵飯……（喂！）

半夜抽血記

從小，雙寶就被急診室的值班人員記住了，除了常在半夜光顧，因為姓麥，名字特別，加上行為也很出彩（好比哥哥從小就會撩護士小姐姐），所以一進門就有護士叫出他們的名字：

「麥○○，你（妳）又來了？」

帶小孩去急診室是許多父母的噩夢，因為你不知道醫生會說出什麼恐怖的話來（我碰過很糟的狀況），但我們家雙寶有種能力，總會在某個時間點，將之逆轉成搞笑劇。

說完哥哥，來講講妹妹……

有次我帶妹妹去急診，她一直反覆發燒不退，家裡的藥都沒用，半夜40度，去急診，醫生看完也搞不清楚，要抽血檢查，我想抽就抽吧！妹妹從小就沒在怕打針的！

但我沒想到，她大小姐那天不爽，不給抽血，尖叫、大哭、踢人……三個大人都抓不住她。鬧到整個急診室很狼狽，醫生說這樣的話要留院觀察，他可不敢負責。我告訴他，我明白。因為妹妹有自閉問題，所以請他依經驗判斷開藥，要她留院觀察是別想了。

醫生同意了，但表示三天後必須回診（如果中間都沒狀況），於是回家了。但由於她在急診室的抓狂表現，被我唸了一頓。我告訴她：沒有抽血檢查，醫生沒辦法知道她生了什麼病，大家都很擔心，她似乎明白了什麼。

第2回合，換媽媽帶她回診，這回是白天不是半夜。回家後，媽媽說了妹妹的精采表現。

一進醫院，她馬上威風凜凜的伸出手大叫：

「我要抽血，來！快點，抽血！」

不論病患還是醫護人員，全部的人都在笑，她仍然不為所動，搞不懂這些人在笑什麼？

檢查完之後媽媽苦笑：「醫生說妳已經好了，不用抽血啦！」

妹妹皺眉：「哼！那幹嘛還要來？」

一旁護士笑死……

後記 她真的不怕打針，自閉症特徵之一：
痛覺異常。

＃兔年吐吐

這個年好不容易過完……

昨天，雙寶終於要去上冬令營了～

我正想回去睡個覺，彌補一下整個晚上被哥哥踹醒的睡眠不足……

媽媽：「冬令營打來說哥哥吐了，我現在去接他回家，你帶他去看醫生！」

好！這下又沒得睡了……

在候診室，哥哥說想睡覺，我讓他躺在我腿上休息，還用外套幫他遮著上方刺眼的燈光。

結果這傢伙也沒睡著，閉著眼睛隔幾秒就一直問：「到了沒？」、「還要多久？」、「到了沒？」、「還要多久？」、「到了沒？」、「還要多久？」……

所以……因為年假結束要上班而崩潰的各位：別再靠夭了！

有些工作是沒有假期、也不能下班的……

後記 可能是腸胃炎，他後來就沒事了。

有臉友說了：「家長是很多人避之惟恐不及的職業，而且沒有任何退休保障。」

嗯～所以我周遭一堆逃兵啊！！

悲情老爸

情人節，我來講一個悲情的故事……

這一天，也是《悲情城市》*4K 修復版首映，而且早就知道梁朝偉會來（有內線消息），一堆朋友都去了，我本來也可以去的……

但是……總是有但是……

所有爸爸、媽媽都懂的但是……

我必須帶哥哥去看牙醫，他的牙齒長太密，牙縫容易蛀牙，而且今天他的牙套掉了……

他超怕看牙醫，總是去前神勇，一到門口就開始呼天搶地……

關鍵是牙醫啥都還沒做啊～～

醫生很好，而且完全能明白我的辛苦（因為他的小孩也過動），看著X 光片，他很仔細的講解哥哥牙齒的狀況，我差不多就像金庸*小說的江湖莽漢聽到秀才們掉書袋一樣目瞪口呆，同時擔心著回家後老婆問起回答不了……

此時，知道危機已經解除的哥哥，居然在旁指導我：「你要認真聽喔！要好好學習，知道嗎？」

臭小子！你 TM 害我不能見到一代宗師梁朝偉還這麼囂張？

後記
醫生和護士小姐姐在旁邊忍住笑……
對了，我的 X 光片很像金鋼狼*，因為有植牙。

*《悲情城市》（1989）台灣歷史劇情片，由台灣新電影代表人物侯孝賢執導，梁朝偉飾演男主角。該片不僅挑戰當時政治敏感議題而引起關注，其獨特的風格也引起國際矚目，獲頒威尼斯影展的最高榮譽金獅獎。2023 年 3 月以 4K 數位修復版重回全台戲院、影城，觀眾反應仍然熱烈，上映9 天後全台票房已破千萬。
* 金庸（1924-2018），作家。第一本武俠小說《書劍恩仇錄》開啟武俠小說盛世，代表作品《射鵰英雄傳》、《神鵰俠侶》、《倚天屠龍記》、《鹿鼎記》等，多次改編為影視作品而家喻戶曉。
* 金鋼狼是《X 戰警》電影系列中的虛構角色，是一名力量十分強大的變種人，格鬥好手，被植入亞德曼合金製成的骨骼與骨爪，使得金鋼狼手上的骨爪變得堅不可摧。

哇…

唉呀～

……

不用看了!

腸胃炎!

哥哥半夜急診

這個星期一，雙寶終於可以回到學校上課了！
正當我們鬆了口氣……想說可以休息一下時……
續集來了！

下課去接他們時，哥哥不太對勁，說肚子痛！
由於他過去肚子痛的前科……（請看〈拾糞記〉），我第一時間想到
的是：他八成又積了一大堆大便了！於是也沒太在意。
回家後，他一樣玩平板電腦和妹妹吵架……
但到了睡覺之前，他開始搗著肚子唉唉叫……
試著叫他上廁所看看……沒有大便！
要不要看醫生？不要！
「大概又是消化不良吧？不要等等到了急診室就又大出來了！」我這
麼想著。
媽媽給他吃了點幫助消化的胃散，就上床睡覺了。
中間他一直「唉」個不停，「要不要去醫院？」
「好……」他虛弱的回答。
我擔心會不會是什麼沒出現過的問題……
於是跑去叫醒在陪妹妹睡覺的媽媽，送他去急診，此時半夜 2 點。
（為什麼不是我送去急診？因為我不會開車，哥哥痛得不太能走路，
而且早上我得負責送妹妹去上學）

哥哥到了急診室時醫生不在，據說急診室空蕩蕩的……
（顯然急診室爆滿這一說可疑）
他就坐在那「唉～唉呀～唉～」的一直叫，回音讓所有在場的病人都
忘了自己的病情……（暫時）

醫生來了，哥哥進入診間一坐下來：「我想吐……」
醫生叫媽媽快去拿外面的塑膠袋……來不及了！
「嘔～～」

急診室回蕩著哥哥的嘔吐聲，蕩氣回腸……

媽媽很尷尬，醫生倒是很淡定，畢竟場面見多了：「不用看了，腸胃炎！」相當權威的判斷，「他吐完就舒服多了！」

是的，接下來哥哥就開始在急診室要寶了！

半夜3點，媽媽傳訊息：「他腸胃炎，或腸胃型感冒。3點，塞塞劑。半小時內不能上大號。1小時後才能喝水吃藥。」

明天要請假！才剛剛上學第一天又……

爸爸再度被擊沉！

等他回來睡下去，一小時後叫他起來吃藥，然後再過兩小時……

我就要送妹妹上學了……

（各位放心，他已經好了，但是第二天換扭到腳）

後記

這篇好多人說看不出來我畫的是媽媽？啥意思？

我是不在意……但是媽媽沒有鬍子啊～

然後急診室的醫生被我畫得像戴口罩的宮崎駿＊！

事實上我沒見過他，不好意思！

不過媽媽看了我畫的圖後表示：現場就是這樣！

（只有方向是左右相反）

而且醫生完全就是我畫的樣子！！！

竟然？

我隱者之紫＊的遙視能力終於覺醒了！？

＊隱者之紫，是荒木飛呂彥所創作的漫畫《JOJO的奇妙冒險》及其衍生作品的登場替身。具有探索地形、透視遠方人物的念寫能力。

＊金鋼狼是《X戰警》電影系列中的虛構角色，是一名力量十分強大的變種人，格鬥好手，被植入亞德曼合金製成的骨骼與骨爪，使得金鋼狼手上的骨爪變得堅不可摧。

急診室拾糞記

不知道為什麼，哥哥從小就喜歡去醫院，可能是因為有漂亮的護士姐姐會給他糖果。

常常是在家唉唉叫，要死不活，但一到了醫院就變得生龍活虎。最經典的一次，急診室的護士小姐先詢問症狀，看了看哥哥，然後在病歷資料上註明：「無病容。」那一次是半夜，哥哥真的有發燒。

最近他晚上肚子痛，痛到吃不下飯，看樣子不是裝的，媽媽下令：「你帶他去急診！」

急診室總是有哭鬧不停的小朋友，但沒人像他那樣嘻皮笑臉的，醫生檢查完有點擔心（擔心要住院觀察那種），說要照 X 光，這傢伙開始害怕了。不過沒有經驗的事，他總是事前害怕，事後吹牛說自己多厲害、勇敢。

等醫生看了片子，說有大便堵塞，要灌腸，這小子一聽又怕了，急忙說他肚子痛要大便，馬上衝向廁所，護士趕緊拿出試管和棉花棒追著跑，要我在排洩物上取樣、檢查，也就是說要把大便摳到試管裡！！

「那就不能拉在馬桶裡了？」我一邊拉著哥哥快跑，一邊回頭問她。

護士小姐：「對！」

（這追逐鏡頭頗有《不可能的任務》的緊張氣氛和既視感，不過談話內容是要我摳大便）

無障礙廁所空間比較大而且乾淨，我一邊要唉唉叫的哥哥忍一忍，一邊手忙腳亂在地上鋪好衛生紙，要他把大便降落在上面。

哥哥擺好架勢，咬牙切齒地使勁：「嗯～嗚……嗯～」

我：「喂！你用力大半天了！好了沒？」

哥哥鬆了口氣：「好了！」

我：「沒有啊？奇怪，你大了嗎？」我拿著試管和棉花棒，歪著頭看，沒看到衛生紙上有東西……

他站起來：「有啊！我大完啦！」

結果，他大在衛生紙的正前方，而且好大好大一坨，超大！

馬的難怪肚子痛！

接下來我用棉花棒採樣，還得徒手抓大便丟到馬桶，擦地板……

我罵罵咧咧：「可惡！這下把拔的手會一直有抓大便的**觸感**啦！你為什麼不大在衛生紙上？」

（踩屎感有什麼了不起？摸屎感比較強好不好？）

哥哥在旁邊大笑：「哈哈哈哈！」

臭小子好高興，從頭笑到尾，眼淚都笑出來了……「我故意的！」

並不是！你只是瞄不準好嗎？

（那個……地上那一坨我就不上色了蛤！）

後記　臭小子回到家很高興又很得意，一進門就大叫：
「馬麻！把拔剛剛在地上撿我的大便！」
靠！我 TM 成糞金龜了？

接小孩放學的時候……
今天尾牙！

怎麼沒看到你？

幹！
完全忘了……

把拔
我肚子痛…

怎麼還沒來？

………

結束了！
**　大家要走了……**

幹…

＃我自己在家的尾牙

每到年底出版社的尾牙，也可以說是這個圈子許多好久不見的朋友們，一年一次的見面會！

結果我無法到場！

為什麼沒有出現？

對不起……首先我忘了！

（你們這些單身人士！前一天要再提醒一下地方爸爸啊～馬的！）

被提醒說今天是尾牙之後～

給沒見到我出現的人瞧瞧，你們在吃吃喝喝的時候，我都在幹嘛……

1. 幫小孩洗澡！

2. 盯著他們寫功課！！

3. 盯著他們吃飯！！！

4. 準備給他們刷牙！！！！

這時哥哥突然說他肚子痛……

中間一直不斷有人傳訊息問：你怎麼還沒來？人呢？

（氣氛因此更加緊張！喜劇片那種緊張！）

好不容易搞到他們終於睡著以後……

我癱在沙發上，想說終於可以出門了，這時收到一個訊息……

「結束了！」

尾牙結束了！

這樣就結束了？竟然沒有續攤？

你們這些不中用的傢伙……

（地方爸爸記恨中！！）

 後記 哥哥肚子痛是因為沒大便！

然後第 2 天還收到尾牙上有美女穿小禮服露大腿在找我的照片！！（可惡！）

有人叫我要習慣……我早就習慣啦！

但是不表示我不會靠天啊！

後記

有位不懂中文的西方藝術家在背上刺青，刺了 12 個字：

「生活帶來您時檸檬做檸檬水」*……（看過的人都知道）這謎之文法應該是來自估狗翻譯，不過至少人家不怕展示出來，即便它錯了。

說起來……至今我都不知道生活給我的這一杯是什麼？
小時候是可樂……
年輕時是咖啡……
現在是威士忌……
年紀再大一點……也許會熬成龜苓膏吧？
（已知香港許留山掛了～殘念）

抬頭看天，好奇宇宙中看不見的力量，你給我的使命到底是什麼呢？

年輕時，我以為是創作……
但我想畫漫畫時，你不讓我畫……要我畫卡通、做動畫……
我想做動畫時，你又要我回來畫漫畫……

然後，你動畫、漫畫好像都不讓我畫了！

每次這樣，就是你要我去做別的事情，這回難不成要我去拍電影？
是要我專心帶小孩嗎？
因為你給了我雙寶！？

可以！沒問題！
我可以為了他們放棄漫畫、動畫……
但是，你可不可以讓我先中個威力彩頭獎呢？

宇宙神祕……
仍不回答……
可能他也不知道吧？

（本篇寫於我 2021 年的生日……一晃眼……雙寶已經 8 歲了……）

＊身材傲人的美國網紅 Riley Reid，在 IG 秀出背上刺青「生活帶來您時檸檬做檸檬水」，讓人看了一頭霧水。此句原文應是「When life gives you lemons, make lemonade.」，西方人用酸苦的檸檬（lemon）比喻人生中不如意之事，然而只要我們轉念一想，正向面對，便能將不如意的事變為美好的加蜜檸檬水（lemonade）！隨遇而安，苦中作樂。

對了！

這是我第一本文字比圖還多的書⋯⋯